I0672873

DOM
QVICHOT
DE LA
MANCHE,
COMEDIE.

SECONDE PARTIE.

A PARIS,

Chez Antoine de Sommaville, au Palais,
dans la Gallerie des Merciers, à l'Escu de France.

M. DC. XL.

AVEC PRIVILEGE DV ROY.

(4).

Extraict du Priuilege du Roy.

PAR grace & Priuilege du Roy, donné à Paris le 28. iour de May 1639. Signé par le Roy en son Conseil, DE MONCEAVX : Il est permis à TOVSSAINCT QVINET, Marchand Libraire à Paris, d'imprimer ou faire imprimer, vendre & distribuer vne piece de Theatre, intitulée *Dom Quichot de la Manche*, durant le temps & espace de trois ans, à compter du iour qu'elle sera acheuée d'imprimer. Et defenses sont faites à tous Imprimeurs, Libraires & autres, de contrefaire ladite piece, ny en vendre ou exposer en vente de contrefaite, à peine aux contreuenans de trois mil liures d'amende, & de tous ses despens, dommages & interests, ainsi qu'il est plus au long porté par lesdites lettres, qui sont en vertu du present Extraict tenuës pour bien & deuëment signifiées ; à ce qu'aucun n'en pretende cause d'ignorance.

Et ledit Quinet a associé au Priuilege cy-dessus datté, Antoine de Sommauille aussi Marchand Libraire à Paris, suiuant l'accord fait entr'eux.

Acheué d'imprimer pour la premiere fois, le 15. *Iuillet mil six cens quarante.*

Les Exemplaires ont esté fournis.

ACTEVRS.

D. QVICHOT.

SANCHE.

LA NIEPCE de Dom Quichot.

THERESE, femme de Sanche.

D. LOPE, amy de Dom Quichot, & déguisé
en Cheualier.

LE BARBIER.

LE DVC & sa suite.

LA DVCHESSE.

L'AVMOSNIER du Duc.

RODRIGVE, Dame d'honneur de la Duchesse.

DEVX HERAVTS du Sophy.

DEVX INFANTES de Perse.

VN DEMON.

LIRGANDEE.
ALQVIF.
ARCHELAVS. } Enchanteurs.
MERLIN.
DVLCINEE.

La Scene est à la Manche.

DOM
QVICHOT
DE LA MANCHE,
COMEDIE.

SECONDE PARTIE.

ACTE I.
SCENE PREMIERE.

DOM QVICHOT, SA NIEPCE.

D. QVICHOT.

E m'importune plus.

LA NIEPCE.

Quoy partir?

D. QVICHOT.

Il le faut.

A

DOM QVICHOT.

Le monde souffre trop quand ce bras luy defaut.
Depuis que i'ay cessé de courir la campagne,
Les Geants à leur gré pillent toute l'Espagne,
On ne sçauroit sortir sans voir errer quelqu'ame
Qui se vient plaindre à moy de cette troupe infame;
Et par des cris aigus semble dire à tous coups,
Donnez-moy le repos, vengez-moy, vengez-nous.
Que retarday-je encor de reprendre les armes?
Allons verser du sang, allons tarir des larmes,
Qu'on aille querir Sanche?

LA NIEPCE.

                Enfin il faut parler:
Le mal est trop pressant pour le dissimuler.
Monsieur, si vous pensez à quitter le village,
I'iray dire par tout que vous n'estes pas sage:
Mesmes i'en feray voir tant de bonnes raisons,
Qu'on vous mettra sans doute aux petites Maisons.
Quels transports sont-ce cy? quelles melancholies?
Quels Geants? quelles voix? plustost quelles folies?
Vous auez veu comment on s'est moqué de vous,
Que l'on vous a traité comme on traite les fous.
Et vous voulez encor.

D. QVICHOT.

                Ah petite friponne!
Vous vous émancipez, mais ie vous le pardonne;

Vn esprit bas & vil vous fait parler ainsi,
Vous ignorez comment mon bras a réussi
Dans les derniers combats où m'a porté la gloire,
Comme sur Malembrun i'emportay la victoire,
Comme ie deliuray deux amants enchantez,
Qui depuis deux mil ans estoient persecutez;
Comme ie mis à bas des barbes authentiques,
Comme fasché de voir tant de noires pratiques
Ie me mis en colere, & par vn seul regard
I'en brûlay l'instrument en brûlant Cheuillard.
Vous ignorez aussi qu'vne charmante Reine
Par son affection m'a bien fait de la peine :
Sanche vous le peut dire, il n'a tenu qu'à moy
D'estre en vn mesme iour son Espoux & son Roy.
Iugez apres cela si ie puis tenir conte
De vos lâches conseils sans en rougir de honte ?

LA NIEPCE.

Quoy mon oncle est-ce ainsi que vous vous emportez
Apres les mouuemens de tant d'absurditez ?
Tout ce dont vous parlez ne fut qu'vn artifice
Pour vous faire quitter ce honteux exercice.
Qui nous perd tous d'hôneur. Dom Lope nous l'a dit,
Tout le monde en murmure, ah mon oncle !

D. QVICHOT.

Suffit.

DOM QVICHOT,

Dom Lope & tout le monde enuieux de ma gloire,
Voudroient de mes hauts faits étouffer la memoire :
Quantité d'Enchanteurs ont le mesme dessein ;
Mais ie leur feray voir qu'ils trauaillent en vain ;
Celuy qui prend le soin de mes exploits de guerre,
Doit porter mon renom aux deux bouts de la terre,
Vos pleurs & vos conseils sont icy superflus,
Cessez de vous troubler, & ne me troublez plus.
Il faut, il faut que i'aille où la gloire m'appelle,
Infantes ie m'en vay prendre vostre querelle,
Princes depossedez ie cours vous restablir,
Orphelins, mon secours ne vous sçauroit faillir,
En vain pour diuertir vne si belle enuie,
On me veut faire prendre vn autre train de vie.
Infantes, Orphelins, Princes ne craignez rien,
On ne peut me forcer, ie m'eschaperay bien.
Fussay-ie dans la tour où la fille d'Acrise
Par le Dieu Iupiter fut autresfois surprise ;
Fussay-ie au labyrinthe où logeoit autresfois
Le fils de Pasifée & l'horreur des Cretois ;
Fussay-ie dans le fonds des cachots effroyables
Des Corsaires d'Arger, parmy ces miserables
Qui languissent captifs dans la honte des fers
Au bord de la mer Noire ou plustost aux enfers :
Ce bras, ce puissant bras, ce pere de miracles
Sera plus fort cent fois que les plus forts obstacles.
Ie vous le dis encor Infantes, Orphelins,

Vos aſtres n'auront plus des aſpects ſi malins,
Malgré les Enchanteurs qui me liurent la guerre,
De vos perſecuteurs j'iray purger la terre;
Le ſort en eſt ietté, rien ne peut m'arreſter.

SCENE II.

DOM LOPE, LE BARBIER, D. QVICHOT, SA NIEPCE.

LA NIEPCE.

Dom Lope & le Barbier vous viennent viſiter,
Meſſieurs, mon oncle ſort retenez-le de grace,
Et ſauuez auiourd'huy l'honneur de noſtre race.

D. QVICHOT.

Vous m'obligez beaucoup.

D. LOPE.

Vous allez donc partir?

D. QVICHOT.

Vos ſeuls commandemens m'en peuuent diuertir,
C'eſt trop, c'eſt trop ſouffrir que l'iniuſte licence
Des Geants orgueilleux opprime l'innocence,

A iij

DOM QVICHOT,

C'eſt trop reſter oiſif dans ce ſiecle maudit,
Où le vice commande auec tant de credit,
Où l'on ne voit par tout que villes deſolées,
Que Princes exilez, qu'Infantes violées.

LA NIEPCE.

Mais quel remede enfin pouuez-vous apporter
A ces mal-heurs communs?

LE BARBIER.

Il n'en faut plus douter,
Le bon-homme mourra dans ſon extrauagance.

D. QVICHOT.

Ma niepce en cet endroit peche par ignorance,
Elle n'a iamais leu les inſignes explois
Des Cheualiers errants, de qui ie ſuy les loix,
J'en connoy plus de cent dont le moindre a fait teſte
A dix mille geants armez pour ſa défaite,
Et qui ſans ſe peiner à coups de coutelas
Leur a dans vn matin coupé iambes & bras.
Que n'a point fait Rollãd pour l'amour d'Ang lique?
(Il auoit tort pourtant puiſqu'elle eſtoit lubrique.)
Que n'a point fait encor Renaud de Montauban,
Richard, Roger de Grece, & ſon frere Artaban;
Mais ſur tous Amadis lors qu'il auoit des armes
Qui pouuoient reſiſter à la force des charmes?

On leur a veu souuent abatrê à coups de main
Des murs que les beliers auoient battus en vain.
Mais ce n'estoit que ieu pour les simples nouices,
Ils auoient bien encor de plus durs exercices ;
I'ay veu Gerileon à l'âge de quinze ans
Couper d'vn petit coup la teste à six geans,
Geants aussi bien faits qu'il en soit dans l'histoire,
Ie vous les dépeindray si i'ay bonne memoire.
Comme deux grosses tours leurs iambes paroissoient,
Leurs cuisses & leur corps à mesure croissoient ;
Leurs bras longs d'vne lieuë alloient frappât les nuës,
Armez de coutelas & de fortes massuës,
Dont la moindre égaloit la grandeur d'vn clocher :
En chacun de leurs yeux on voyoit vn bucher
Tel que celuy qu'Hercule en sa fureur extreme
Alluma sur Ceta pour se brûler soy-mesme,
Leurs corps estoient de pierre & leurs armes d'acier ;
Ce ieune homme pourtant les fceut humilier,
D'vn seul coup de sa main il les mit tous en poudre.

LE BARBIER.

Le coup fut bien ioly.

D. QVICHOT.

L'on soupçonna le foudre
D'auoir fauorisé ce ieune combattant.

DOM QVICHOT,

D. LOPE.

Ce n'eſt pas ſans ſujet.

D. QVICHOT.

On ſe trompoit pourtant,
Il eſt vray qu'Oſiris l'aſſiſta par ſes charmes.
Ie ne vous diray rien des progrez de mes armes,
Vous les auez pû voir, tout le monde les ſçait,
Gerileon fit bien, & ie n'ay pas mal fait.

D. LOPE.

Il eſt tout acheué.

LA NIEPCE.

Ramenez-le de grace.

D. QVICHOT.

L'ennemy d'Amadis, & de toute ſa race,
L'enchanteur Archelaus trauerſe mes deſſeins,
Mais ſes enchantements ſont moins forts que mes
mains,
Il change a l'autre iour par vn excez d'enuie
Trente geants armez, à qui i'oſtay la vie,
En autant de moulins, à deſſein d'étouffer
L'honneur que l'on m'euſt fait m'en voyant triom-
pher;

Deux iours apres cela, ie défis vne armée,
Defia de tous coſtez voloit ma renommée ;
Quand ce traiſtre changea pour me faire enrager
Les ſoldats en moutons, & leur Chef en berger.

D. LOPE.

Cet enchanteur a tort.

LE BARBIER.

Il fait de grands miracles,
Et ie croy qu'apres tout de ſi puiſſants obſtacles
Ne vous ſont oppoſez que pour vous diuertir
De ce deſſein fatal qui vous force à partir :
Vous y deuriez penſer, & craindre la Magie.

D. QVICHOT.

Barbier, ce fait icy n'eſt pas de Chirurgie,
Et nos armes auſſi ne ſe reſſemblent pas,
Vous portez vn razoir, ie porte vn coutelas.

LE BARBIER.

Ie n'y voy pas pourtant beaucoup de difference,
Ie porte la lancette, & vous portez la lance,
Et voſtre digne armet tient fort de mon baſſin.

D. LOPE.

Ne le prenez pas là, c'eſt l'armet de Membrin.

B

D. QVICHOT.

Suffit, vous le sçauez.

D. LOPE.

C'est trop vous contredire:
Que le grand Dom Quichot fasse ce qu'il desire,
Ie ne l'arreste plus, allez vaillant Heros,
Ainsi vostre trauail soit suiuy du repos,
Ainsi vos beaux exploits secondent vostre attente;
Ainsi puissiez-vous voir cette bande arrogante
D'enchanteurs mise à bas; & puisse ainsi tousiours
L'Infante Dulcinée approuuer vos amours.

LA NIEPCE.

Monsieur que faites-vous?

D. LOPE.

N'en soyez pas en peine,

Il parle à
l'orcille de
la Niepce
& du Bar-
bier.

Ie l'arresteray bien, escoutez.

D. QVICHOT.

Ah m'à Reine!
Doy-ie attendre ce bien de vos rares bontez?

LE BARBIER.

Ce dessein me rauit. Partez, Seigneur, partez.

nche iamais à voſtre grand dommage
caſque ou baſſin ne mange du fromage !
mais lyon ne vous veuille aſſaillir !
mais le pain ne vous puiſſe faillir !
riez-vous touſiours ou chaſteaux ou tauerne
e l'on vous y pelaude, ou que l'on vous y ber-

mais forçats ne vous mettent à nu :
riſon de Sanche enfin ſoit reconnu,
e luy rende ſain & tout parfumé d'ambre,
More enchanté n'approche voſtre chambre
us rauir l'Infante, & troubler le repos !
mais Muletier ne vous froiſſe les os :
u'enfin triomphant, & ſuiuy d'Hymenée
uiſſiez reuenir couronnée Dulcinée.

CENE III.

JCHE, D. QVICHOT, D. LOPE,
E BARBIER ET LA NIEPCE.

SANCHE.

Audite ambition, que voulez-vous de moy !
Où me conduiſez-vous ?

                              B ij

LA NIEPCE.

Ah meschant est-ce toy?

SANCHE.

Ie ne suis pas meschant, mais ie suis Sanche Pance,
Vous me connoissez bien.

LA NIEPCE.

As-tu bien l'impudence
De reuenir encor dedans cette maison?

SANCHE.

Pourquoy m'outragez-vous?

LA NIEPCE.

Parce que i'ay raison,
N'est-ce pas toy maudit?

SANCHE.

Ah! tréue à ces iniures.

LA NIEPCE.

Ne fais-tu point courir apres les aduentures
Ton maistre que voilà? ne l'as-tu point mené
Dans des deserts affreux comme vn esprit damné?

SANCHE.

Ah, n'estoit le respect que ie dois à mon maistre,
Deux ou trois coups de poing vous feroient bien con-
  nestre
Que vous vous méprenez : c'est luy qui me conduit
Dans des mondes deserts & de iour & de nuit,
Ie ne fay que le suiure auec beaucoup de peine
Aux mal-heureux endroits où le Diable le mene ;
C'est moy qui suis enfin le seduit, le mené,
Le froisse, le trompé, le battu, le berné,
Et tout pour aborder à cett' isle promise
Que ie doy gouuerner & qui n'est pas conquise ;
I'enrage quand i'y pense.

D. QVICHOT.

                    Ah, Sanche c'est assez,
Vous serez satisfait de vos trauaux passez :
Cependant retenez vostre langue indiscrete.

LE BARBIER.

Mais qu'est-ce que cett' isle, est-ce donc quelque
  beste ?

SANCHE.

Nenny, c'est un Royaume où ie doy gouuerner :
Mais Monsieur le Barbier, c'est trop nous lanterner,

                              B iij

Vous deuſſiez reſpecter des gens de noſtre ſorte.
Monſeigneur, commandez que tout le monde ſor-
te.

D. LOPE.

Nous allons obeïr ſans ce commandement.

D. QVICHOT.

Cette ciuilité m'oblige infiniment.

LA NIEPCE.

Ils s'en vont comploter leur troiſieſme ſaillie.

D. LOPE.

Nous les ſuiurons de pres pour guerir leur folie.

SCENE IV.

SANCHE, DOM QVICHOT.

SANCHE.

ENfin apres auoir querellé bien des fois,
l'ay diſpoſé ma femme à ce que ie voulois,
Elle ne ſe plaint plus de voir que ie la quitte.

Nous pouuons donc partir.

SANCHE.

Non pas encor si viste;
Elle m'a conseillé qu'au moins à tout hazard
J'escriuisse auec vous auant nostre depart,
Et quoy qu'on puisse dire, on est digne de blâme
De mespriser tousiours les conseils d'vne femme,
La mienne en cet endroit parle auec iugement.

D. QVICHOT.

Mais quel est ce conseil dites-le clairement.

SANCHE.

Vous sçaués que la mort ne respecte personne,
Et qu'il faut malgré nous vouloir ce qu'elle ordonne,
Fussiés-vous mieux armé que n'est vn Iaquemard,
Vous ne sçauriés parer la pointe de son dard;
Lors que moins on y pense elle nous vient surpren-
dre,
Et le mesme Amadis ne s'en peut pas defendre;
Tant d'autres Cheualiers que ie n'ay pas connus,
Dont vous m'aues parlé, que sont-ils deuenus?
Ils ont suby la loy qu'il nous faudra tous suiure,
On les a veu mourir, si l'on les a veu viure:

(*Car pour ce dernier poinct , il m'eſt vn peu ſuſpect.*)

D. QVICHOT.

Taiſez-vous ou parlez auec plus de reſpect.

SANCHE.

Ie dy donc que la mort cette vieille damnée
Vous peut exterminer dans vne matinée,
Et ce coup quoy que grand ne me ſurprendroit pas;
Car ſa faux tranche mieux que voſtre coutelas.
En vain contre ſa force on oppoſe les charmes
Que les magiciens marmotent ſur les armes,
Le Cimeterre ardent , Flamberge , Durandal
Qui coupoient comme beurre, acier, marbre & metal,
Et tant d'autres encor dont vous parlez ſans ceſſe,
N'ont eu dequoy tenir contre cette diableſſe.

D. QVICHOT.

Enfin à quel deſſein tendent tous ces diſcours?

SANCHE.

Tous ceux qui les portoient ont veu finir leurs iours,
Et malgré leurs armets, leurs lances & leurs bretes,
Ces fendeurs de nazeaux ſont morts comme des
*   beſtes.*
Mais ce qui plus m'eſtonne , eſt de voir que ſans chois
La mort fauche en tout temps les ſubjects & les Roys,
Le ſage

Le sage auec le fou, le pauure auec le riche,
Le Maistre & l'Escuyer, le prodigue & le chiche,
Le ieune & le vieillard, le malade & le sain,
Le lâche & le vaillant, le noble & le vilain,
Le plus petit asnon comme le plus grand asne,
Et dedans vn chasteau comme en vne cabane.

D. QVICHOT.

Sanche venons au poinct, c'est par trop discourir.

SANCHE.

Ayant donc reconnu qu'il nous faut tous mourir,
Ma femme trouue bon.

D. QVICHOT.

Parle donc, que veut-elle?

SANCHE.

Elle veut.

D. QVICHOT.

Tes discours me rompent la ceruelle,
Abrege si tu peux?

SANCHE.

Monsieur, ma femme veut.

C

D. QVICHOT.

C'est estre bien prudent de vouloir ce qu'on peut:
Mais parle si tu veux.

SANCHE.

Monsieur.

D. QVICHOT.

Parle.

SANCHE.

J'enrage;
Laissés-moy donc parler.

D. QVICHOT.

Tant de caquet m'outrage;
Acheue donc maudit?

SANCHE.

Laissés-moy commencer:
Ma femme a donc pensé.

D. QVICHOT.

Qu'a-t'elle pû penser?
Qu'est-ce? parle & soy bref.

SANCHE.

Ah Dieu que i'ay de peine!

Cest.

D. QVICHOT.

Quoy?

SANCHE.

C'est ce que c'est, laissés-moy prendre
haleine.
Mal-heureux que ie suis, i'ay l'esprit tout confus!

D. QVICHOT.

Mais qu'est-ce parle enfin?

SANCHE.

Il ne m'en souuient plus;
Voilà le bel effect de vostre impatience.

D. QVICHOT.

Dites plustost celuy de vostre impertinence.
Si tout du premier coup vous m'eussiés raconté
Ce qu'on vous auoit dit, ie vous eusse escouté;
Mais puisque le desir d'exercer vostre langue
Vous a fait degorger cette belle harangue,
Que vous n'aues rien dit de ce que vous deuiés
Lors que ie le voulois & que vous le pouuies:

C ij

Voſtre punition me ſemble legitime,
Et meſme de beaucoup moindre que voſtre crime :
Or parlés à cett' heure en toute liberté.

SANCHE.

C'eſt, ce n'eſt pas cela, ie me ſuis meſconté ;
Et de grace, Monſieur, aidés à ma memoire.

D. QVICHOT.

Tu parlois de ta femme, & qu'il la falloit croire.

SANCHE.

Ah bon ! ie m'en ſouuiens, ma femme m'a donc dit
Que ie ne deuoy pas m'engager à credit,
Et qu'en attendant l'Iſle ou bien quelque Royaume,
Qui doibt changer en dais mon pauure toiĉt de chau-
    me ,
Il ſeroit à propos pour nourrir mes enfans
Que vous m'aſſignaſſiez des gages tous les ans.

D.   QVICHOT.

Des gages ignorant ! il eſt facile à croire
Que ta femme ny toy n'aués point leu l'Hiſtoire ;
Voyez les Amadis les Platirs, les Renauds,
L'Archeueſque Turpin, Tirante, Ronceuaux ,
Tous les trois Palmerins, Bernard de Straparole,
El Caualié del Phœbe, Oliuante, Gilpole ;

Rolland le Furieux, Splendian, Philiſmard,
Les quatre fils Aymon, Iean de Paris, Richard,
Morgand, Robert le Diable, & Pierre de Prouence;
Et vous condemnerés voſtre craſſe ignorance.
Car vous n'y verrés point que iamais Cheualier
Ait traité de la ſorte auec ſon Eſcuyer,
Et ie ne voudroy pas, pour plaire à voſtre femme,
Contreuenir à l'ordre, & me charger de blâme :
Non, ie n'en feray rien.

SANCHE.

Monſieur.

D. QVICHOT.

N'en parlons plus.

SANCHE.

Ie me contenteray de deux cens mil eſcus ;
C'eſt peu pour vn grand Roy, tel que vous deués eſtre.

D. QVICHOT.

Si vous me ſeruez bien ie vous doy reconneſtre,
Ne vous meſlez de rien, repoſez-vous ſur moy,
Ie vous donneray l'iſle, ou ie vous feray Roy.

SANCHE.

Dieu le veuille ! à propos, dites-moy ie vous prie

Si par quelque accident de la Cheualerie
Ie puis deuenir Roy, comme ie le pretens,
Ma femme sera Reine, & mes fils des Infants.

D. QVICHOT.

Qui doute de cela?

SANCHE.

Moy, i'en doute & ie pence
Que c'est vn peu beaucoup pour monsieur Sanche
Pance.

D. QVICHOT.

D'vne telle façon le dé pourroit tourner
Que i'aurois dans trois iours cent isles à donner;
Et si ie les auois.

SANCHE.

Vous m'en donneriez vne.

D. QVICHOT.

Asseuré que ie suis de ma bonne fortune
Ie te donnerois tout.

SANCHE.

Que de biens à la fois!
Partons Monsieur, partons, allons nous faire Roys.

Soyez prest dans vne heure.

D. Quichot
se retire.

SANCHE.

Ah le genereux maistre!
Ah le braue Escuyer si ce qu'il dit peut estre!
Mais qui l'empescheroit? le Diable qui m'en veut:
Mais comment l'empescher? non cela ne se peut,
Dom Quichot l'a iuré sur le bout de sa lance,
Est-ce assez, que cela? c'est bien ce que ie pense:
Mais voicy ma Therese.

SCENE V.

THERESE, SANCHE.

THERESE.

He bien tu vas partir?
Tu vas donc me quitter! y peux-tu consentir?
Que feray-ie sans toy? comment pourray-ie viure?
Ah! ne pars point, mon Sanche, ou laisse-moy te sui-
ure.

SANCHE.

Appaise tes douleurs.

THERESE.

Ah Sanche!

SANCHE.

Laisse-moy.

THERESE.

Où veux-tu donc aller?

SANCHE.

Ie vay me faire Roy :
Nous l'auons resolu, la chose est bien certaine :
Mais comme dans la vie on n'a nul bien sans peine,
Il faut que ie te quitte, aimable & cher soucy,
Les Escuyers errans doiuent parler ainsi.
Le Ciel jaloux de voir nos ardeurs infinies,
Veut separer les corps de deux ames vnies :
Helas que ce destin est remply de rigueur !
Il m'offre vne couronne, & m'arrache le cœur :
Ainsi parle mon maistre auec la Dulcinée.

THERESE.

Mais quand reuiendrez-vous ?

SAN-

SANCHE.

Sur la fin de l'année.

THERESE,

Songez au moins à moy, songez, à vos enfans,
Voftre fille Sanchique aura bien-toft vingt-ans,
Il faut la marier.

SANCHE.

Puifque rien ne nous preffe,
Ie veux attendre encor pour la faire Comteffe.

THERESE.

Comteffe, ah Dieu!

SANCHE.

Comteffe.

THERESE.

Ah gardez-vous-en bien!

SANCHE.

Et pour quelle raifon?

THERESE.

Pour noftre commun bien.

D

SANCHE.

Quel mal peut proceder d'vne belle alliance,
D'auoir des petits fils qu'on traite d'Excellence,
D'Alteſſe, de Grandeur, & de voir tous les iours
Sanchique auec vn Comte & parmy le velours?

THERESE.

Les maux que ie preuoy de ce grand mariage,
Sont vn tas de diſcours qu'en fera le village:
Voyez, dira quelqu'vn, cette Comteſſe-cy,
Ce n'eſt que de trois iours qu'elle s'habille ainſi;
Ie l'ay veu ſe parer d'vne toile groſſiere,
Son pere eſt bûcheron, ſa mere lauandiere,
Vn meſchant toict de chaume & deux aſnes fort
    vieux,
Compoſent tous les biens qu'ils ont de leurs ayeux.
Ah mon Sanche! éuitons vn ſi ſanglant reproche,
Donnons pluſtoſt Sanchique au ieune Lope Toche,
C'eſt vn bon gros garçon qui luy fait les yeux dous,
Son pere eſt bûcheron, & payſan comme vous.
Penſez-y, mon mary, c'eſt dans cette famille
Qu'il faut que nous tâchions à loger noſtre fille,
Non pas dans des palais & parmy le tracas,
Où la moitié du temps on ne l'entendroit pas,
Où le Comte ſans doute à la moindre colere
Luy mettroit ſur le nez ſa maiſon & ſon pere,

L'appelleroit payſane, & de mille autres noms
Qui peuuent conuenir aux fils des bûcherons.

SANCHE.

N'as-tu plus rien à dire impertinente femme?
Et quoy ne vois-tu pas que ce ſubjet de blâme,
Que le Comte mon fils peut auoir contre moy,
Ceſſe dés auſſi-toſt qu'on me couronne Roy?
N'en parlons plus, ſuffit, elle ſera Comteſſe,
Et ſi vous me fâchez, ie la feray Princeſſe.

THERESE.

Vous pouuez la pouruoir encor plus hautement,
Mais ce ne ſera pas de mon conſentement,
Et ie fay mon eſtat que ie la verray morte
Quand vous me contraindrez de la voir de la ſorte.
Ah Sanche!

SANCHE.

C'eſt en vain que vous verſez des pleurs.

THERESE.

Quoy n'obtiendray-ie rien?

SANCHE.

Appaiſez vos douleurs,

D ij

Et ne resistez plus à ce que ie projette,
Comme Roy pretendu, vous estes ma subjette;
Il se *Comme mary ma femme, & ie ne dy rien plus.*
retire.

THERESE.

Tous mes empeschemens sont icy superflus,
Il faut pauure Sanchique, ô comble de tristesse !
Il faut pour mon mal-heur que vous soyez Comtesse:
Nos marys peuuent tant sur nous & sur nos biens,
Qu'il leur faut obeir quand ils seroient des chiens.

Fin du premier Acte.

ACTE II.

SCENE PREMIERE.

DOM LOPE, foubs l'habit du Cheualier des Miroirs : LE BARBIER, fon Efcuyer.

D. LOPE.

IL faut l'attendre icy de crainte qu'il s'éloigne.

LE BARBIER.

Nous allons commencer vne eftrange befogne.

D. LOPE.

Facile.

LE BARBIER.

Que fçait-on?

D. LOPE.

L'apparence eft pour nous.

LE BARBIER.

La fortune pourtant aide souuent aux fous.

D. LOPE.

C'est veritablement la creance commune,
Mais contre nos desseins que pourroit la fortune.

LE BARBIER.

Mille coups endiablez qu'on ne sçauroit préuoir.

D. LOPE.

Doutez-vous que mon bras ait manqué de pouuoir
Pour vaincre sans effort ce Heros phantastique?

LE BARBIER.

I'ay peur que vous aurez besoin de ma boutique,
Les fous comme les sourds frappent horriblement.

D. LOPE.

Ie ne vous en croiray qu'apres l'euenement.

LE BARBIER.

Si nous ne nous taisons cette nuict est si sombre
Qu'ils pourroient s'esquiuer à la faueur de l'om-
　　bre,
Il faut.

COMEDIE.

D. LOPE.

Paix, escoutons.

LE BARBIER.

Qu'est-ce?

D. LOPE.

J'enten du bruit.

LE BARBIER.

Il faut se reculer.

SCENE II.

**DOM QVICHOT, SANCHE,
D. LOPE, LE BARBIER.**

D. QVICHOT.

Heureuse & belle nuit!
Quel iour peut t'égaler apres cette aduenture?
Tu caches l'œil de la Nature
Pour faire estinceller en cent lieux differens
L'astre des Cheualiers errans.

DOM QVICHOT,

D. LOPE.

Quel iour, ô belle nuict, peut égaler tes ombres,
Tu vois briller dans ces lieux sombres,
Au lieu du beau Soleil qui regle nos saisons,
L'astre des petites Maisons.

SANCHE.

Heureuse & belle nuict! mais cert'un peu trop noire:
Quel iour peut t'égaler en gloire?
Tu fais voir à la terre en dépit des Barbiers
La lanterne des Escuyers.

LE BARBIER.

Heureuse & belle nuict! mais cert'un peu trop noire
Pour faire éclatter ma victoire,
Non pas pour m'empescher d'aller mettre en quartiers
Le plus badin des Escuyers.

SANCHE.

Monsieur qu'auez-vous dit?

D. QVICHOT.

Tréue à la raillerie.

SANCHE.

Ie n'ay pas dit vn mot.

D. QVI-

D. QVICHOT.

Taisez-vous ie vous prie.

SANCHE.

Vous vous moquez fort bien.

D. QVICHOT.

Vous vous moquez fort mal:
Suffit, n'en parlons plus, c'est là le principal.
Malgré toute la terre ensemble conjurée
 La couronne m'est asseurée,
Et ie vay mettre à fin tant de nobles projects
 Que de Roys feront mes subjects.

D. LOPE.

Malgré toute ta bande ensemble conjurée
 La marotte t'est asseurée,
Et si tu ne reprens le chemin du hameau,
 On te suiura comme vn chameau.

SANCHE.

Malgré toute la Manche, & quoy qu'on puisse di-
re,
 I'auray l'isle que ie desire,
Et ma fille Senchique aura pour son espous
 Vn Comte aussi braue que nous.

E

LE BARBIER.

Malgré Therese Pance, & le project d'vne isle
Tu seras mis au vau-de-ville,
Et l'on bernera tant Sanchique & tous les tiens,
Qu'ils ne seront pas bons aux chiens.

D. QVICHOT.

Enfin, ma patience est à son poinct extresme :
Iouez vous donc ainsi vostre maistre & vous-mesme,
Que veut dire cela Sanche ?

SANCHE.

                  Ie n'en sçay rien.
Mais j'imagine au moins que vous le sçauez bien :
A d'autres ce discours & vostre moquerie.

D. QVICHOT.

Sanche auez-vous finy cette galanterie ?

SANCHE.

Mais vous mesme Monsieur, quand la finirez vous ?

D. QVICHOT.

Suffit.

D. LOPE.

Ils vont parler, prenons bien garde à nous.

D. QVICHOT.

Et toy Reine des cœurs, parfaite Dulcinée,
 Ta vertu sera couronnée,
Malgré les enchanteurs qui choquent mon dessein,
 Vn sceptre chargera ta main.

D. LOPE.

Toy Reine des moutons, grossiere Dulcinée,
 Je te voy certes destinée,
Si quelque bon voisin ne te donne du pain,
 A mourir quelque iour de faim.

SANCHE.

Et toy Therese Pance, honneur de ton village,
 Crois au moins que ie suis bien sage,
Et que dans peu de temps ie seray Gouuerneur,
 Et toy mesme femme d'honneur.

LE BARBIER.

Et toy grosse Therese, horreur de ton village,
 Crois que ton Sanche n'est pas sage,
Et que dans peu de temps s'il ne change de peau,
 On l'ecorchera comme vn veau.

SANCHE.

Escorcher comme vn veau! moy qui suis si bon diable,

Ah mon maiſtre éuitons ce preſage effroyable!
Donnez-moy mon congé.

D. QVICHOT.

D'où vient donc cette voix?
Ah ie voy! c'eſt l'Echo qui reſpond dans ces bois.

D. LOPE.

Tout va bien, cachons nous.

SANCHE.

Oüy, c'eſt elle ſans doute.

D. QVICHOT.

Ie m'en vay luy parler, nous l'entendons, eſcoute.
Fille de l'air qui vis dans les concauitez
Des antres les plus noirs & les plus eſcartez,
Reſpons moy ie te prie, eſt-ce toy qui repetes
Tout ce que nous diſons?

D. LOPE Echo.

Oüy, c'eſt moy groſſes beſtes.

SANCHE.

L'Echo nous connoit-elle?

D. QVICHOT.

Il faut le confeſſer;

Son discours me surprend plus qu'on ne peut penser,
Cette voix qui respond aux plaintes ordinaires
Que poussent les amans dans les lieux solitaires,
N'en repete iamais que les derniers accens,
Et celle-cy renuerse & les mots & le sens,
Icy l'enchantement peruertit la Nature.

SANCHE.

Ie veux bien pour le moins luy rendre son injure,
Laissez-moy luy parler. Coureuse de rampars
Qui te caches la nuict dans les trous des lezars,
Qui n'habites iamais, ny maison ny cabane,
Qui t'a conduite icy ?

LE BARBIER, Echo.

Ta sottise gros asne.

SANCHE.

Me voilà bien payé !

D. QVICHOT.

Dans cet euenement
L'Enchanteur Archelaüs agit certainement.

SANCHE.

Cet Echo me déplaist : Mais, Monseigneur, de grace,
Souffrez encore vn coup que ie me satisface.

E iij

Ie crain la moquerie en ce rencontre icy.

D. QVICHOT.

Fay ce que tu voudras.

SANCHE met la main sur la bouche de D. Quichot.

Demeure donc ainsi.

D. QVICHOT.

Ne me presse pas tant.

SANCHE.

Harangere insolente,
Qui brocardes l'honneur de la milice errante,
Maistresse des crapaux, des lutins, des hibous,
Que l'horreur a placez dans les plus sales trous,
Taupe, chauue-souris : compagne des sorcieres
Que dois-ie attendre enfin?

LE BARBIER, Echo.

Mille coups d'estriuieres.

SANCHE.

C'est elle asseurement, il n'en faut plus douter.

D. QVICHOT met la main sur la bouche de Sanche.

Par la mesme raison ie me veux contenter.

SANCHE.

Ah Dieu! vous m'eſtouffez.

D. QVICHOT.

Tay toy mal-heureux homme.

SANCHE.

Monſieur, ie n'en puis plus.

D. QVICHOT.

Eſcoute, ou ie t'aſſomme.
Rebut du beau Narciſſe, hoſteſſe de ces bois,
Nymphe de qui le corps n'eſt plus rien qu'vne vois
Trop habillarde. Echo, fay moy ſçauoir encore
Si c'eſt toy qui reſpons.

D. LOPE.

Oüy, oüy, c'eſt moy pecore.

SANCHE.

Et bien qu'en dites-vous?

D. QVICHOT.

Ie veux vn peu reſuer.
C'eſt dans les Amadis que i'en pourroy trouuer

DOM QVICHOT,

Premier, second, troisiesme, ou dans Robert le Diable.

SANCHE.

Il parle à des démons, que ie suis miserable !

D. QVICHOT.

Renauld dans le chasteau, Tirante dans les bois,
Gerileon sous terre est seruy par des vois :
Richard & ses Esprits.

SANCHE.

     Ie frissonne ! ie tremble !

D. QVICHOT

Tous ces euenemens n'ont rien qui luy ressemble ;
Si ie ne suis trompé, ie le descouure enfin
Le Cheualier des morts suiuy par vn lutin.

SANCHE.

Helas ie suis perdu !

D. QVICHOT

     La seule difference
Est que son lutin l'aime, & cette voix m'offence.

SANCHE.

Monsieur, que faites-vous ?

       D. QVI-

D. QVICHOT.

Ie passe de l'esprit
Sur tous les accidens que i'ay veu par escrit,
Pour voir si ie pourrois trouuer quelque fortune
Semblable à celle-cy, mais ie n'en trouue aucune.

SANCHE.

Me voilà deliuré de ma nouuelle peur :
Monsieur, éloignons-nous de ce lieu plein d'horreur.

D. QVICHOT.

Ie le veux, allons donc.

LE BARBIER.

Ils s'eschapent sans doute.

Commencez.

D. Lope
joüe de la
guitarre.

SANCHE.

Qui va là? Monsieur!

D. QVICHOT.

Poltron, escoute.

D. LOPE chante.

Erreray-ie tousiours dans ce desert sauuage

F

A la mercy des loups
Moins beftes que vous,
Sans voir flefchir voftre courage,
Comme ie voy leur rage
Se changer en refpect
A mon afpect, à mon afpect, à mon afpect?

SANCHE.

Cett' Echo, cette voix qui demeure foubs terre,
Et qui parloit tantoft, a-t'elle vne guiterre?

D. QVICHOT.

Paix, ce n'eft pas l'Echo, c'eft pluftoft vn amant
Qui fe plaint de fa dame auec cet inftrument.

D. LOPE.

Pour vous i'ay prodigué tout le fang de mes veines
Dans l'horreur des combats,
I'ay rompu les bras
A plus de mille Capitaines:
I'ay fait mourir des Reines
Qui brûloient nuiçt & iour
De mon amour, de mon amour, de mon amour.

SANCHE.

Quel grand Diable voilà, laiffons-le ie vous prie.

D. QVICHOT.

Ne m'importune plus par ta poltronerie.

SANCHE.

Si nous ne décampons, il nous rompra les bras.

D. QVICHOT.

Traiſtre, vous eſtes mort ſi vous faites vn pas.

D. LOPE.

Pour mon amour ſe meurt l'Infante Dulcinée,
  Et le grand Dom Quichot
  Vaincu comme vn ſot,
  Depuis trois iours me l'a donnée;
  Ie l'ay pourtant abandonnée
  A l'amoureux courrous
  De cent filous, de cent filous, de cent filous.

D. QVICHOT.

L'impoſture en ce poinct aggraue l'inſolence.
Qui va là?

SANCHE.
Ie ſuis mort.

D. QVICHOT.

   Qui va là? ça ma lance.

D. LOPE.

O vous qui me troublez dans mes tristes souspirs!
Si vous auez vn cœur sensible aux déplaisirs,
Approchez-vous de moy pour apprendre vne histoire
Dont les siecles futurs garderont la memoire,
Et qui fera pleurer pendant plus de mille ans
Les femmes de village & les petits enfans.

Parlant au
Barbier.
Amuses l'Escuyer; j'escarteray le Maistre.

D. QVICHOT.

Arrestez Cheualier, ie vous ay veu parestre,
Où se dressent vos pas?

D. LOPE.

Ie vay chercher la mort
Comme le seul remede aux rigueurs de mon sort,
Apres auoir gagné vingt batailles rangées,
Apres auoir forcé cent villes assiegées,
Conserué la couronne à plus de mille Infants,
Blessé des Enchanteurs, assommé des Geants,
Vaincu dans vn duel vn champion d'élite
Dom Quichot de la Manche.

D. QVICHOT.

Ah! n'allons pas si viste
Monsieur le Cheualier.

D. LOPE.

Apres tous ces exploits,
Vnieune enfant tout nud m'a rangé sous ses Lois,
Amour.

D. QVICHOT:

Laissons l'Amour, & contez-moy l'Histoire
De ce fameux duël qui vous comble de gloire,
Que i'en apprenne au vray l'ordre, le lieu, le temps,
La naissance, la suite & tous les incidens.

D. LOPE.

Quoy que dans mes mal-heurs ie gehenne ma pensée,
Si ie la reflechis sur ma gloire passée,
Ie veux bien pour vous plaire aggrauer ma douleur,
Et faire encore vn coup triompher ma valeur;
Escartons-nous vn peut pour parler à nostre aise.

D. QVICHOT.

Allons où vous voudrez. Qu'il parle ou qu'il se taise:
Il n'en a que trop dit, mais pour me contenter,
Auant que l'estrangler ie le veux escouter.

SCENE II.

LE BARBIER, SANCHE.

LE BARBIER.

O*V vas-tu mon amy ?*

SANCHE.

Ma foy ie n'y voy goute;
Ie vay, ie n'en sçay rien.

LE BARBIER.

Parle, où pren tu ta route?

SANCHE.

Ie vay, ie suy mon maistre.

LE BARBIER.

Et qu'est-il?

SANCHE.

Cheualier.

Errant ?

SANCHE.

Errant.

LE BARBIER?

Et toy?

SANCHE.

Ie suis son Escuyer?

LE BARBIER.

Heureuse & belle nuict !

SANCHE.

Voicy l'Echo sans doute.

LE BARBIER.

Bien-heureux le démon qui m'a monstré la route
De ce bois escarté ! puisque ie vous y voy
Vous estes Escuyer? aussi suis-ie bien moy,
Et mon maistre est aussi Chevalier d'auenture ;
Mais le plus grand badin qui soit dans la Natu-
    re.

SANCHE.

Nos maiſtres à ce conte ont beaucoup de rapport,
Sans meſpriſer le voſtre & ſans luy faire tort
I'eſtime que le mien en fait d'extrauagance
Ne trouueraiamais homme qui le deuance.

LE BARBIER.

Voſtre maiſtre eſt donc fol?

SANCHE.

Oüy s'il en fut iamais.

LE BARBIER.

Si le prouerbe eſt vray, tels maiſtres tels valets,
Monſeigneur l'Eſcuyer, au lieu d'vne calote
Nous pouuons auiourd'huy nous coëffer la marote,
Et craindre auec raiſon qu'on s'aſſeure de nous
Pour nous faire chanter dans l'hoſpital des fous.

SANCHE.

I'ay ſouuent à part moy diſcouru de la ſorte,
Mais ie ne puis dompter le deſir qui m'emporte
De poſſeder vne iſle auant que de mourir,
Et ſi ie ne ſuis fou ie ne puis l'acquerir: (ſtre,
Au lieu qu'en me rangeant à l'humeur de mon maî-
C'eſt d'vn gouuernement qu'il me doit reconneſtre;

Car

Car dans deux ou trois iours il va se faire Roy,
Et conquerir aussi quelques isles pour moy.

LE BARBIER.

Si vostre maistre est fou, comme ie veux bien croire,
Comment paruiendra-t'il à ce-degré de gloire?
Et que peut-il donner s'il ne possede rien?

SANCHE.

Ne le prenez pas là, vous vous tromperiez bien,
Ie connoy mille fous que la fortune flate,
C'est à nous seulement qu'elle se monstre ingrate:
Mais la grande raison qui me fait esperer,
Est que mon maistre a pris la peine de iurer;
Et ie suis bien certain que quand sa foy l'engage
Il fait tout ce qu'il dit, & mesme dauantage:
Apres ce que i'ay veu i'aurois tort d'en douter.

LE BARBIER.

Le Diable iure ainsi quand il veut nous tenter;
Mon maistre m'a trompé par le mesme artifice,
I'attends depuis cent ans vn meschant benefice
Par le moyen duquel ie puisse soubs mon toit
Au moins mourir de faim en quelque temps qu'on
    soit;
Il me le promet bien: mais lors que ie le presse
De monstrer quelque iour l'effect de sa promesse,

G

De me donner enfin ce que i'ay merité,
Il me dit que c'est là qu'est la difficulté,
Qu'il peut promettre tout, & par fois dauantage;
Mais que pour rien donner, il n'en sçait pas l'vsage.

SANCHE.

Et vous suiuez ce maistre?

LE BARBIER.

Il le faut malgré moy.

SANCHE.

Si dans quatre ou cinq iours le mien ne se faict
   Roy,
Et par mesme moyen ne me donne mon isle,
Croyez, mon bon Seigneur, qu'il sera difficile
Que ie sois entrainé plus loin de ma maison;
Sanche est vn ignorant, mais non pas vn oison,
Ce n'est pas les Panças qu'il faut mener en laisse,
S'il fait ma femme Reine, & ma fille Comtesse,
Ie le suiuray par tout ainsi que i'ay promis,
Et de cette façon nous viurons bons amis:
Mais s'il croit me joüer, qu'il craigne ma colere,
On m'a dit que i'estois soldat comme ma mere,
Et ie pourrois vn iour le luy faire sentir:
I'ay voulu luy parler auant que de partir,

Il ne veut rien entendre, & promet des merueilles.

LE BARBIER.

Ne vous a-t'il iamais tiré par les oreilles,
Donné des coups de barre, & reduit à la mort?

SANCHE.

Ah! qu'il s'en garde bien.

LE BARBIER.

Ie m'en estonne fort.

SANCHE.

Pourquoy?

LE BARBIER.

Ie n'en sçay rien, mais mon diable de maistre,
Si vous estiez à luy, vous le feroit connestre,
Et pour vne vetille, vne espingle, vn bouton,
Vous donneroit par iour deux cens coups de baston,
Ou peut-estre par-fois pour mesler les matieres,
Il vous partageroit de cent coups d'estriuieres,
Soustenant contre tous que ces mets differens
Sont ceux qu'on doibt seruir aux Escuyers errans.

SANCHE.

Vous n'estes donc pas mal.

G .ij

DOM QVICHOT,

LE BARBIER.

Ce que ie vien de dire
Eſt bien vn grand mal-heur , mais ce n'eſt pas le
pire,
Ce diable court l'Eſpagne & ſe bat chaque iour
Pour pouuoir meriter l'object de ſon amour:
Il caſſe, il briſe, il rompt teſtes, bras, nerfs & veines,
Boit le ſang des vaincus comme l'eau des fontaines:
Et tandis qu'il ſe bat auec le Cheualier,
Il me contraint à moy d'egorger l'Eſcuyer,
Ie n'y manque iamais, pourtant quoy que ie faſſe
Touſiours quelque eſtocade eſquiue ma cuiraſſe,
Et me perce le cuir auec tant de douleur
Que i'en pers bien ſouuent la force & la couleur;
Cette fatalité me faſche & m'importune;
Main qui peut reſiſter aux loix de la fortune;
Nos maiſtres ſe battront à la pointe du iour,
Et nous deuons auſſi nous battre à noſtre tour.

SANCHE.

Ie ne me battray point, quoy que vous puiſſiez dire.

LE BARBIER.

Vous perdriez voſtre honneur, qui vaut mieux qu'vn
Empire.

SANCHE.

Quand il en vaudroit deux, ie le perds sans remors,
Que nous sert cet honneur lors que nous sommes
   morts ?

LE BARBIER.

A nous faire estimer par la race suiuante.

SANCHE.

Mais nous n'en sçauons rien.

LE BARBIER.

                    Tousiours cela contente.

SANCHE.

Pour moy i'aime la paix, & ne recule pas
D'acquerir de l'estime auecques mon trespas.

LE BARBIER.

I'ay charge de mon maistre, en cette circonstance,
De vous dire trois fois de vous mettre en defence,
Et quoy que vous fassiez, afin de l'euiter,
De vous couper la teste & de la luy porter :
Voyez à quel des deux se resoudra vostre ame,
L'vn vous rend glorieux, l'autre vous rend infa-
   me.

SANCHE.

Allez porter ailleurs cette belle leçon,
Ie ne veux point me battre en aucune façon ;
Mon maiſtre en me donnant la charge que i'exerce,
M'exempta par exprés de ce ſanglant commerce,
Il fut dit entre nous qu'il employroit ſon bras
Sans le ſecours du mien dedans tous les combats,
Et que i'aurois le ſoin d'éloigner les batailles
Pour pouuoir s'il mouroit faire ſes funerailles,
Et pour porter ſon cœur & ſes derniers ſouſpirs
Aux pieds de Dulcinée object de ſes deſirs ;
De ſorte qu'il ſe voit que dans cette querelle
Ie ne ſçauroy mourir ſans me rendre infidelle,
Et vous n'ignorez pas que l'infidelité
Eſt pire aux Eſcuyers que n'eſt la laſcheté.

LE BARBIER.

Ie ne puis repliquer cette raiſon m'arreſte.

SANCHE.

Sans cela i'ay des mains qui defendront ma teſte.

LE BARBIER.

Suffit : mais le iour vient & nos maiſtres auſſi ;
Pour ne les pas troubler retirons nous d'icy.

SCENE III.

DOM QVICHOT, D. LOPE,
ou le Cheualier des Miroirs.

DOM LOPE.

IE dis encore vn coup qu'il a mordu la terre
Ce dompteur de Geants, ce miracle de guerre
Dom Quichot de la Manche à mes pieds abbatu
Condamnant sa foiblesse, admirant ma vertu,
Et confessant tout haut qu'aupres de Calsildée
Dulcinée a le teint d'vne vieille ridée.
Et pour vous faire voir que ie ne vous ments pas,
Ce Dom Quichot icy, dont on fait tant de cas,
Et dont i'ay surmonté la force & le courage,
Est de moyenne taille, assez beau de visage,
Resueur, mais si subtil dans toutes ses raisons,
Qu'il peut estre Recteur aux petites Maisons:
Il est le vray falot de la valeur errante,
Et son digne coursier s'appelle Rossinante,
Son Escuyer Dom Sanche, & ce Dom Sanche encor
Monte vn grand asne gris qui vaut son pesant d'or.
Qui peut apres cela douter de ma victoire?

D. QVICHOT.

Moy.

D. LOPE.

Ie porte en tout cas dequoy la faire croire.

D. QVICHOT.

Cet esclaircissement ne vous sçauroit manquer.

D. LOPE.

C'est par là seulement que ie doy m'expliquer.

D. QVICHOT.

Ie commence à voir clair dans toute cett' affaire,
Ce Dom Quichot que i'aime à l'égal de mon frere,
A plusieurs enchanteurs qui choquent ses desseins,
Et sans doute ce coup est party de leurs mains :
Quelqu'vn d'eux pour ternir sa gloire & son coura-
   ge,
Dedans cette rencontre aura pris son image,
Et vous aura trompé, n'en doutez nullement :
Ce que vous auez dit ne peut estre autrement.
Que si vous persistez dedans vostre creance,
Sçachez que Dom Quichot est en vostre presence
Prest à vous faire voir qu'il aime trop l'honneur
Pour faire vne action indigne de son cœur.

                                     D. LO-

D. LOPE.

C'est donc vous Dom Quichot.

D. QVICHOT.

Ie suis cet indomptable
Que vous auez dépeint, non pas ce miserable
Que le manque d'adresse, ou de force ou de cœur
Contraint à reconnoistre vn si foible vainqueur :
Que si vous en doutez.

D. LOPE.

Arrestez ie vous prie.
Quoy que par les statuts de la Cheualerie,
Que vous n'ignorez pas & que nous sçauons tous,
Ie peusse refuser de me battre auec vous,
Apres mon aduantage, apres vostre defaite.

D. QVICHOT.

Ah ! tréue à ce discours.

D. LOPE.

Cette main qui l'a faite
Veut bien la maintenir, & vous faire auoüer
Que ma sincerité ne se peut trop loüer.
Ie veux donc qu'vn combat vuide nostre querelle :
Mais de crainte qu'vn iour le temps la renouuelle,

H

Ie croy qu'il faut combatre a des conditions
Qui terminent le cours de nos pretentions.
Voicy ce qui me semble estre tres-raisonnable,
Ie pourray m'éclaircir si vous estes palpable,
De peur qu'vn Enchanteur ne trompe encor mes
    sens ;
Et si ie suis vainqueur comme ie le pretens,
Si vous n'auez recours à la force des charmes,
Ie pourray vous contraindre à mettre bas les armes,
Et demeurer chez vous l'espace de dix ans
Sans lire aucun Roman des Cheualiers errans.

D. QVICHOT.

Vous deuez dire aussi que si i'ay la victoire,
Comme il est apparent, vous cesserez de croire
Que iamais vostre bras ait pû vaincre mon cœur.

D. LOPE.

Ils se
batent. Ie le veux, sçachons donc qui sera le vainqueur.

SCENE IV.

LE·DVC, LA DVCHESSE, DOM
QVICHOT, D. LOPE.

LE DVC.

*Q*Ve cett'heure est charmante, & que mon œil
adore
Ces rayons de clarté dont le Ciel se colore !

LA DVCHESSE.

Que ie prens de plaisir à voir le iour naissant,
Et ce nuage peint d'vn pourpre iaunissant !
l'admire cet object plus ie le considere.

SCENE V.

SANCHE, LE BARBIER, LE DVC, &c.

SANCHE.

*D*Ieux! mon maistre est aux mains, ah! que
voulez-vous faire?

H ij

Messieurs arrestez-vous.

LA DVCHESSE.

Quel bruit ay-ie entendu?

LE BARBIER retenant Sanche.

Ie t'estrangle pendard si tu fais l'entendu.

LE DVC.

Ah! ie voy ce que c'est, heureuse m'a sortie
Si i'éuite vn mal-heur.

D. LOPE se retirant auec le Barbier.

A demain la partie,
Monsieur le Cheualier.

D. QVICHOT.

A demain, à tantost,
A toute heure; suffit que ie suis Dom Quichot,
Sanche vous en serez.

SANCHE.

Ah! ie me donne au Diable
Si ie me bats iamais.

LE DVC.

O rencontre aggreable?

Valeureux D. Quichot, est-ce vous que ie vay?

SANCHE.

Oüy Monsieur c'est luy-mesme, & ie suis aussi moy
Prest de vous tesmoigner mes tres-humbles seruices.

LE DVC.

Voulez-vous m'obliger?

D. QVICHOT.

Apres les bons offices
Que i'ay receus chez vous, le bien de m'aquitter
Est le plus grand bon-heur que ie puis souhaitter.

LE DVC.

Faites-moy la faueur de voir nostre hermitage
Qui n'est pas loin d'icy.

D. QVICHOT.

Ce m'est trop d'auantage.

LE DVC.

Vous y serez receu selon vos qualitez.

LA DVCHESSE.

Mais sans doute moins bien que vous ne meritez.

SANCHE.

Ah Madame! ah Monsieur! cela vous plaist à dire.
Que ie vay me souler!

LE DVC.

Hé que nous allons rire.

Fin du II. Acte.

H iij

ACTE III.
SCENE PREMIERE.

LE DVC, LA DVCHESSE, DOM
QVICHOT, SANCHE,
L'AVMOSNIER du Duc.

LE DVC.

IE ne puis exprimer l'honneur que ie reçoy
De me voir auec vous & de vous voir chez moy,
Valeureux Dom Quichot dont les faits heroïques
Sont hautement chantez dans les places publiques,
Et celebrez par tout comme ceux d'Amadis
Et des autres vaillans qui regnerent iadis :
Mais ie veux seulement vous conjurer de croire
Que ie ne fus iamais ialoux de vostre gloire,
Et que i'ay pris plaisir à lire les exploits
Que vostre-bras a fait dedans tous ses emplois.

D. QVICHOT.

C'eſt le propre d'vn cœur purement magnanime.
Ie ſçay bien toutesfois que cette haute eſtime
Dont vous me partagez, ſi liberalement,
Vous conuient mieux qu'à moy.

LE DVC.

Tréue de compliment.
Nous voicy prés du lieu de voſtre penitence.

Ils arri-
uent au
chaſteau
du Duc.

Des valets à vne galerie ſur la porte, ſonnent des
trompettes, & diſent:

Viue le grand Quichot, & viue Sanche Pance,
L'vn le plus genereux de tous les Cheualiers,
L'autre le plus vaillant de tous les Eſcuyers.

SANCHE.

Ce n'eſt pas là mon vice.

SCENE II.

DEVX VALETS PORTANS VN
manteau, d'escarlate & vn bonnet verd.

Acceptez grand Monarque
De nos submissions cette honorable marque.

La voix de dessus la galerie.

Viue encore & tousiours la fleur des Cheualiers,
Et l'vnique falot des vaillans Escuyers.

D. QVICHOT.

Sanche prens cet armet.

SANCHE.

Dites moy ie vous prie,
Est-ce encore vne loy de la Cheualerie
De donner des manteaux & de riches bonnets
Aux maistres Cheualiers & non à leurs valets?

D. QVICHOT.

Sans doute.

SAN-

SANCHE.

Cette loy doit estre reformée.

La voix de dessus la galerie.

Viue encor Dom Quichot, viue sa renommée.

LE DVC.

Vous plaist-il donc d'entrer?

D. QVICHOT.

Ie n'entre qu'apres vous.

LE DVC.

Monsieur, allons.

D. QVICHOT.

Madame.

LA DVCHESSE.

On nous cede chez nous.

D. QVICHOT.

Ie vous cede par tout, mais en cette occurrence
Ie ne le pourroy pas sans faire vne insolence.

LE DVC.

Ah! ne contestez plus.

I

D. QVICHOT.

> Ie ne paſſeray point.

SANCHE.

Vn conte que ie ſçay vient icy bien à point.

LA DVCHESSE.

Dites-le Seigneur Sanche.

LE DVC.

> Il doit eſtre agreable.

Et ie le veux ſçauoir.

D. QVICHOT.

> Que ie ſuis miſerable !

Tay toy traiſtre ou ie vay.

SANCHE.

> Monſieur ne craignez rien,

Mon conte eſt ſans reproche, & ie le feray bien.

D. QVICHOT.

Il vous eſtourdira, commandez qu'il ſe taiſe.

LA DVCHESSE.

Pourquoy? voſtre Eſcuyer ne dit rien qui ne plaiſe,

Et i'ay plus de plaisir à l'entendre parler,
Que n'en eut Angelique à se voir cajoler
De ce mignon frizé qu'ellesuiuoit sans cesse,
Dedaignant de Rolland l'amour & la noblesse,

SANCHE.

Que vostre Majesté viue eternellement!
Madame, ce discours, quoy que sans fondement,
Efface tout le deüil que ie faisois parestre
Pour n'auoir vn manteau de mesme que mon maistre,
Et craignant de tomber encor vne autre fois
Entre les rudes mains de l'Escuyer du Bois;
Voicy donques mon conte.

D. QVICHOT.

Abrege-le de grace.

LA DVCHESSE.

Ce n'est pas là du tout ce que ie veux qu'il face:
Qu'il l'estende au contraire.

SANCHE.

Assez prés de chez moy
Demeuroit vn Seigneur bon seruiteur du Roy,
Ce Seigneur estoit fils d'vn prudent personnage
Qui descendoit tout droit de ce fameux lignage
De Medine del Campe: & ce Seigneur aussi

Estoit fils de son pere.

L'AVMOSNIER.

On le croit bien ainsi.

SANCHE.

On ne croit en cela que ce qu'on en doit croire:
Ce Gentil-homme donc, dont ie vous fay l'histoire,
Et qui s'est marié depuis trois ou quatre ans,
Qu'il est bien marié! qu'il a de beaux enfans!

L'AVMOSNIER.

Passez, cela suffit, concernant son mesnage.

SANCHE.

Il se fit bien du bruit dedans nostre village,
Le iour qu'il prit sa femme, on la voulut rauir;
Mais l'effort qu'on en fit ne pûst le rien seruir.
Vous le sçauez, Monsieur, vous fûstes de la feste,
Et l'on vous en peut voir les marques sur la teste:
Le fils du mareschal, ce mauuais garnement,
A ce que l'on m'a dit, en fut pareillement:
Dites, n'est-il pas vray?

D. QVICHOT.

Passez.

SANCHE.

On le doit croire.

L'AVMOSNIER.

Bon-homme c'est assez, acheuez voftre hiftoire:
Du train que vous allez, ie crain auec raifon
Que l'on ne vous verra d'vn an dans la maifon.

SANCHE.

On pourra nous y voir pluftoft fans point de doute.

LA DVCHESSE.

Sanche n'abregez point, mais fuiuez voftre route.

LE DVC.

Ce conte eft rauiffant, & qui le veut blâmer
N'a iamais bien connu ce qu'on doit eftimer.

SANCHE.

Ce Gentil-homme donc eftoit fi fort affable,
Qu'il auoit bien fouuent des païzans à fa table.
I n iout qu'il regaloit vn pauure laboureur.

D. QVICHOT.

Sans paffer plus auant, tires moy d'vn erreur,
Sanche, ie n'entens point à moins d'vn interprete,

I iij

Qu'est-ce que regaler?

SANCHE.

C'est vn mot de Gazete,
Qui veut dire traitter, accueillir, bien veigner :
Mais vray' ment c'est bien vous que ie dois enseigner?

D. QVICHOT.

I'ay tousiours mesprisé des choses si friuoles,
Ie m'attache aux effects, & non pas aux paroles.

SANCHE.

Au Diable, pourquoy donc m'auez-vous arresté?

L'AVMOSNIER.

Monsieur l'Historien, c'est assez contesté,
Tirez-nous de la gehene.

SANCHE.

Apprenez donc en somme
Comme se comporta ce braue Gentil-homme;
Vn iour qu'il regaloit vn pauure laboureur,
Grossier en verité, mais fort homme d'honneur,
Et qui dans sa maison vit de l'air d'vn Monarque,
Il voulut le traiter comme vn homme de marque:
Ie connois ce paizan comme ie me connoy,
Il a logé long temps à trois pas de chez moy.

L'AVMOSNIER.

Ne nous direz-vous point encore son lignage?

SANCHE.

Son pere fut le coq de tout le voisinage,
Son ayeul.

L'AVMOSNIER.

C'est assez.

D. QVICHOT.

Acheue promptement.

LA DVCHESSE.

Ce conte est magnifique autant qu'il est charmant.

SANCHE.

Estans donques tous deux prests de se mettre à table,
Escoutez ce que fit ce Seigneur honnorable :
Que puisse-t'il joüir d'vn eternel repos,
Car il est desia mort: Et l'on dit à propos,
Que dans quelques Romans qu'on fit à sa loüange,
L'on trouue par escrit qu'il fit vne mort d'Ange :
I'estois alors à Temble, où ie ne le vy pas.

L'AVMOSNIER.

Frere, si vous voulez nous sauuer du trespas

N'arreſtez point à Temble.

D. QVICHOT.

Enfin, que veux-tu dire ?
Abrege ton diſcours ⅌ viens au mot pour rire.

SANCHE.

Ce Seigneur vouloit donc, puiſqu'il faut dire tout,
Que ce pauure paizan ſe plaçaſt au haut bout,
Le paizan bien appris inſiſtoit au contraire,
L'vn diſoit ie le veux, l'autre le puis-ie faire ?
Il me ſemble d'entendre encor leur compliment.

D. QVICHOT.

Tu les a donques veus diſputer ?

SANCHE.

Nullement.
Mais vn valet d'honneur qui m'en a fait l'hiſtoire,
M'a dit non ſeulement que ie pouuois la croire,
Mais encore iurer d'auoir eſté preſent
Alors qu'elle arriua.

LE DVC.
Que ce conte eſt plaiſant !

SANCHE.

Ce Seigneur alleguoit, pour finir la diſpute,

Que chaque Charbonnier est maistre dans sa hute,
Qu'il le vouloit enfin, & qu'en mangeant son bien
L'autre ne deuoit pas le contredire en rien.
Mais toutes ces raisons ne pouuoient pas abatre
Du paysan trop ciuil l'humeur opiniâtre :
Que fit-il ?

L'AVMOSNIER.

Finissez ces discours superflus :
Il fit, ie n'en sçait rien.

SANCHE.

Ma foy ny moy non plus :
On m'a bien dit pourtant qu'il se mit en colere,
Ou bien que pour le moins il eut droict de le faire,
Et qu'il dit au paysan, tout bouffy de courroux,
Quelque part où ie suis, ie suis tousiours sur vous :
Apprenez aujourd'huy que lors qu'vn Grand vous
traite,
Vous deuez obéir, non pas faire la beste :
Le reste du banquet m'est encore inconnu,
Mais ie croy que ce conte est icy bien venu.

D. QVICHOT.

Traistre, pourray-ie bien retenir ma colere?

LE DVC.

Sanche a fait de sa part tout ce qu'il deuoit faire,
K

Ie ne le blâme point.

D. QVICHOT.

Il a plus faict encor.

LA DVCHESSE.

Et son conte doibt estre escrit en lettres d'or :
Mais il est temps d'entrer.

L'AVMOSNIER.

Dieu, tirez-moy de peine !

LE DVC.

Monsieur.

D. QVICHOT.

Ie n'entre point, la chose est bien certaine.

SANCHE.

Que vous profitez mal de mes enseignemens !

D. QVICHOT.

Si c'est pour obéir à vos commandemens,
Ie n'ay point de replique.

LE DVC.

Et bien ie vous l'ordonne.

SANCHE.

Enfin, voilà mon conte, & la piece est fort bonne.

LE DVC.

Vous n'en fistes iamais qui fut plus à propos.

Ils entrent.

SCENE III.

SANCHE, DAME RODRIGVE, suiuante de la Duchesse.

SANCHE.

MAdame Gonzalez, de grace quatre mots.

DAME RODRIGVE.

On m'appelle Rodrigue.

SANCHE.

Et bien soit, mais Madame,
Voulez-vous m'obliger ?

D. RODRIGVE.

Oüy, de toute mon ame,

K ij

Mon honneur à couuert, n'en doutez nullement.

SANCHE.

Voſtre honneur à couuert! il l'eſt bien hautement :
Car ie ſuis ſi diſcret en ſemblables matieres,
Que quand on m'offriroit mille coups d'eſtriuieres
Pour m'en faire manger, fut-il entre deux plats,
Il eſt bien aſſeuré que ie n'en voudrois pas :
Il faut que la raiſon regle nos conuoitiſes,
Et Sanche ne fait pas de ſemblables ſotiſes.

D. RODRIGVE.

Que puis-ie donc pour vous ?

SANCHE.

Me tirer de ſoucy.
J'ay laiſſé mon griſon à quatre pas d'icy,
C'eſt mon aſne, Madame, honorable monture
Dont le nom ſera cher à la race future :
Ie voudrois qu'il vous pleuſt le faire entrer ceans,
C'eſt vn pauure innocent qui n'a que quatorze ans,
Et qui ſeche d'ennuy dés que ie l'abandonne,
Il vous remerci'ra du ſoin que ie vous donne.

D. RODRIGVE.

Certes ſi voſtre maiſtre eſt auſſi fou que vous,
Nous auons aujourd'huy de beau monde chez nous :

Allez, impertinent, auez-vous eu l'audace
De croire que ie fiſſe vne action ſi baſſe ?

SANCHE.

Mon maiſtre toutesfois, qui n'eſt nullement ſot,
M'a dit aſſez ſouuent, parlant de Lancelot,
Qu'au retour de Bretagne il receut des careſſes
(Leur honneur à couuert) de cinq ou ſix Princeſſes,
Tandis que ſon cheual mangeoit comme vn ſeigneur
Son auoine au giron de leurs Dames d'honneur.
Et qu'a fait mon griſon ? qui l'empeſche de croire
Qu'il peut auoir vn iour vne pareille gloire ?

D. RODRIGVE.

Si vous auez deſſein de faire le plaiſant,
Trouſſez voſtre bagage, allez ailleurs, payſant,
Gros vilain, farcy d'aulx, vous n'aurez à cett' heure
Qu'vne figue de moy.

SANCHE.

       Mais ſans doubte bien meure :
Car à n'en point mentir, ie n'imagine point
Qu'à moins de ſoixante ans on vous gagne le point.

D. RODRIGVE.

La vieilleſſe que i'ay ne me fait point de honte,
C'eſt à Dieu ſeulement que i'en doy rendre conte:

Allez, fils de putain, faire ailleurs l'entendu,
Et craignez mon courroux.

SCENE IV.

LE DVC, LA DVCHESSE, L'AVMOSNIER,
DOM QVICHOT, &c.

LA DVCHESSE.

QVel bruit ay-ie entendu?
Qu'est-ce qui vous oblige à courir de la sorte,
Vous voudroit-on forcer?

SANCHE.

Non, le Diable m'emporte!

LA DVCHESSE.

Ie vous voy tous émeus, dites-m'en la raison?

D. RODRIGVE.

Ce vilain me chargeoit du soin de son grison,
Et vouloit m'obliger à le penser moy-mesme.

SANCHE.

L'amour que i'ay pour luy se peut nommer extresme,

Et i'ay cru l'obliger à voir mes bons desseins
Lors que ie l'ay remis en de si bonnes mains.
Que si i'ay mal iuge dans cette circonstance,
L amour est mon excuse, & sera ma defence;
Puisque ie suis amant, ie puis dire auec eux,
Pouuoy ie estre bien sage estant bien amoureux?

LA DVCHESSE.

Sanche parle fort bien, son excuse est valable.

D. RODRIGVE.

Mais il m'appelloit vieille?

LA DVCHESSE.

Ah! c'est bien là le Diable,
Ce reproche est fascheux, & ne vaut du tout rien,
Dame Rodrigue est ieune & vous le voyez bien.

SANCHE.

Elle a mal entendu, ie vous iure Madame
Que ie n'y pensou pas.

D. QVICHOT.

Approchez-vous infame.

SANCHE.

Et bien quest-ce?

D. QVICHOT.

Parlez, eſtoit-ce la ſaiſon
Et le lieu de parler de voſtre beau griſon?

SANCHE.

Monſieur, on peut parler des choſes neceſſaires
Par tout où l'on ſe trouue, & faire ſes affaires:
Dreſſez ce bonnet verd qui vous couure le front,
Et ne cenſurez pas ce que les autres font.
Il me ſouuient icy de mon aſne que i'ayme,
M'en ſouuenant ailleurs, i'en parlerois de meſme,
Fut-ce au lit, à la table, à la ſale, au marché,
Par tout, & pour le ſeur ce n'eſt point vn peché.

LE DVC.

Sanche a bonne raiſon.

D. QVICHOT.

Voſtre Grandeur le flate,
Et reſpend ſes bontez ſur vne terre ingrate.

LA DVCHESSE.

Briſons là ce diſcours puiſqu'il ne vous plaiſt pas,
Et parlons des attraits, des graces, des apas
Dont éclatte aujourd'huy l'Infante Dulcinée,
Et des rares vertus dont ſon ame eſt ornée.

D. QVI-

D. QVICHOT.

Helas que ce discours me va cousté de pleurs!

LA DVCHESSE.

Et pour quelle raison?

D. QVICHOT.

Apprenez mes mal-heurs :
Cette rare beauté que vous m'auez nommée
N'est plus ce qu'elle estoit, elle vit transformée
En laide villageoise, & ie ne sçait comment
De meschans Enchanteurs ont fait ce changement.
O chere Dulcinée! ô m'a douce geoliere,
Qui n'as rien aujourd'huy de ta forme premiere!
Astre vestu de deuil, beau Soleil eclypse,
Phare qui ne luis plus, miroir ardent cassé,
Bois qu'on a degradé, viue source tarie,
Parterre foudroyé, belle rose flestrie,
Diuin temple destruit, grand autel prophané,
Neige couuerte d'ancre, yuoire charbonné,
Pourtrait sans coloris, brasier qui n'es que cen-
   dre,
Helas apres ce coup quel party doy-ie prendre!
Par quel heureux moyen te puis-ie secourir?
S'agist-il de ma mort, tu m'y verras courir.

L

LE DVC.

Elle est donc enchantée?

SANCHE

Oüy Seigneur, & moy-mesme
Occulaire tesmoin de ce mal-heur extresme.
Helas quand ie la vis soubs cett estrange peau,
Ie ne pus m'empescher de pleurer comme vn veau!
O pauure Dulcinée! ô mazure d'Infante!
Maudit soit à iamais le demon qui t'enchäte,
Lampe qui n'as plus d'huile, horloge demonté,
Courier deualizé, pasturage brouté,
Espiciere sans sucre, asnesse debatée,
Village abandonné, campagne degatée,
Belle vigne greslée, estang plein de limon,
Chat bruslé, pan sans plume, Ange fait en demon,
Rose qui n'es plus rien qu'vn grate-cul champestre,
Helas que ie te plains maistresse de mon maistre!

LA DVCHESSE.

Ce n'est pas sans subiect que vous versez des pleurs,
On se pend tous les iours pour de moindres mal-heurs.

SANCHE.

Peut-estre quelque fou, mais non pas Sanche Pance.

L'AVMOSNIER.

Enfin, la charité me defend le silence,
Monseigneur i'ay subiect de me plaindre de vous
De ce que vous traitez auec ces maistres fous :
Car outre qu'à la fin vous pourriez rendre conte
De tout leur procedé, leurs discours me font honte.

Et vous ame de cruche, homme sans iugement,
Qui peut vous auoir mis dedans l'entendement
Tout ce qu'on nous a dit de vostre resuerie
Concernant les Romans de la Cheualerie ?
Où vistes-vous iamais des Cheualiers errans ?
En quel lieu de l'Espagne a-t'on veu des Geans ?
Où sont ces Enchanteurs & cette Dulcinée
Que vous auez forgé dessous la cheminée ?
Retournez mal-heureux, mal-heureux retournez
Cercher vostre bon sens au lieu d'où vous venez,
Et cessez de courir apres les auantures
Qui font à vostre honneur de mortelles blessures.
Allez, car c'est ainsi qu'on doibt parler à vous.

D. QVICHOT.

Pourray-ie retenir l'excés de mon courroux ?

SANCHE.

Ah le mal-heureux homme ! & qu'il a bien enuie
De perdre en cet instant & la teste & la vie.

Il est mort.

LE DVC.

La rencontre est sans comparaison.

D. QVICHOT.

Si nous estions ailleurs que dans cette maison,
Et n'estoit le respect que ie porte à vostre âge,
Ma main auroit desia reparé mon outrage ;
Mais puisque l'vn & l'autre en cet euenement
Me defendent l'effet de mon ressentiment ,
Ie veux bien pour le moins combatre de ma langue
Les discours insolens qui font vostre harangue :
Qu'ay-ie fait deuant vous que vous puissiez blâmer?

SANCHE.

Monsieur dites plustost qu'on ne doiue estimer.

D. QVICHOT.

Mais quand i'aurois failly, confessez sans contrainte
Que la correction de qui la fin est sainte
Se fait plus doucement, & tousiours pour le moins
Sans passer à l'iniure , & sans aucuns tesmoins ;
Et que m'ayant repris en public en colere
Vous auez fait du moins ce qu'on ne doit pas faire.

SANCHE.

Il est vray.

D. QVICHOT.

Mais au fonds, qu'auez-vous remarqué
Dedans mon procedé qui vous ait tant choqué?
Poußé de mon instinct ie vay faire laguerre
Aux infracteurs des loix & par mer & par terre,
Comme faisoient iadis les Cheualiers errans,
Et le chaud & le froid me sont indifferens.
Ie fày du bien à tous, ie ne choque personne,
Ie ne prens iamais rien, & sans cesse ie donne,
Ma gloire est sans excés, mon amour sans defaut,
Et i'aime seulement à cause qu'il le faut.
Bref, ie suy le chemin que m'a tracé la gloire,
Non pas pour me placer au Temple de memoire:
Iamais la vanité ne fit agir ma main,
Mais c'est pour le salut de tout le genre humain.
Si viure de la sorte est viure dans le crime,
Vostre aigre remonstrance est icy legitime;
Mais si c'est la vertu qui prescrit cette loy,
Elle fait contre vous plustost que contre moy;
I'en appelle à tesmoin Monsieur qui nous escoute.

SANCHE.

La victoire à ce coup ne reçoit point de doute,
Allez bon-homme, allez, vous serez mieux ailleurs,
Vos sentimens pour nous ne sont pas des meilleurs,

Suffit qu'on nous connoit par tout & dans la Manche.

L'AVMOSNIER.

N'estes vous point encor ce gros maraud de Sanche,
A qui ce bon Seigneur a promis de donner
A ce que l'on m'a dit vne isle à gouuerner?

SANCHE.

Ie suis celuy-là mesme, & quoy qu'on puisse dire
Ie la merite mieux que ie ne la desire,
Quoy qu'à la verité ie brûle de l'auoir,
Et si ie l'ay iamais, i'y feray mon deuoir.
Ie suis vn Escuyer qui viura dans l'Histoire,
Et qui fait (croyez-le si vous le voulez croire)
Tout ce dont est capable vn Escuyer de bien:
Ayant mon maistre à moy ie ne manque de rien.
Viue luy, viue moy ; car pendant nostre vie,
Malgré les Enchanteurs, malgré vous & l'enuie
Il ne manquera point d'vn office de Roy,
Non plus que d'vn Royaume ou d'vne isle pour moy.

LE DVC.

Pour l'isle dés cett' heure elle vous est acquise,
Vous la deuez auoir puisqu'on vous l'a promise,
Et tout presentement ie veux vous la donner,
Puis dans deux ou trois iours vous l'irez gouuer-
ner.

Receuez à genoux cette faueur insigne.

SANCHE.

Ie la prens donc, Seigneur, quoy que i'en sois indigne.

L'AVMOSNIER.

Ah Monsieur! c'est assez, ie ne puis plus les voir,
Ie me console au moins que i'ay fait mon debuoir.

LA DVCHESSE.

Monsieur, où courez-vous? il s'en va.

LE DVC.

Qu'il s'en aille.

SANCHE.

Soit, le bon-homme aussi ne disoit rien qui vaille:
Ah! s'il auoit tenu ce discours insolent
A quelque Cheualier vn peu plus violent,
Que de coups de baston sur sa jaquette noire!
Tousiours cet accident viuroit dans sa memoire,
Renault de Montauban eust esté son balot,
Il l'auroit estranglé sans luy dire vn seul mot.

SCENE V.

DOM LOPE, ou le Cheualier des Miroirs, LE BARBIER, D. QVICHOT, SANCHE, LE DVC, LA DVCHESSE.

LA DVCHESSE.

*S*Anche, où fuyez-vous donc?

SANCHE.

Ce Diable m'eſpouuante.

D. LOPE parlant au Duc.

Genereux protecteur de la milice errante!

LE BARBIER parlant à Sanche.

Valeureux Eſcuyer plein de gloire & d'honneur!

LE DVC.

Leuez vous.

SANCHE.

Laiſſez-moy, car ie ſuis Gouuerneur.

LE BAR-

LE BARBIER.

Et bien à la bonne heure.

D. LOPE.

Oseray-ie pretendre
Que seul & sans tesmoins vous daignerez m'enten-
dre ?

LE DVC.

Tres-volontiers, Monsieur.

LA DVCHESSE.
Nous nous laissons donc tous ?

LE DVC.

Et bien, dans vn moment ie m'en reuien à vous.

D. QVICHOT.

Nous vous verrons tantost.

DOM LOPE.

C'est bien mon esperance.

LE BARBIER.

Vous en serez aussi.
SANCHE.
Ce n'est pas ma creance.

M

LE BARBIER.

Ie vous estranglerois.

SCENE VI.

LE DVC, D. LOPE, LE BARBIER.

D. LOPE oste son armet.

Monsieur pardonnez-nous,
Pour ramener vn fou nous auons fait les fous.

LE DVC.

Ie vous ay reconnu dessous cet équipage,
Mais enfin vostre fou ne sera iamais sage.

D. LOPE.

Ie le croy bien ainsi.

LE BARBIER.

Ce n'est pas sans raison.

D. LOPE.

Ie le veux obliger à tenir la maison:

Vn combat entre nous doit conclurre l'affaire,
Vous nous auez surpris lors que nous l'allions faire,
Et ie vien vous prier de souffrir qu'aujourd'huy
Ie puisse le combatre & le mener chez luy :
Ainsi vous acheuez vne œuure commencée,
Et qui sans vostre aueu ne peut estre auancée ;
Et nous nous acquitons de tout nostre pouuoir,
Et de nostre promesse & de nostre deuoir.

LE DVC.

I'emploiray tous mes soins à seconder les vostres,
Mesmes, si ie le puis, i'en inuenteray d'autres :
Mais ie desire aussi qu'auparauant partir,
Sa rencontre en ce lieu serue à nous diuertir.

D. LOPE.

Tout ce qu'il vous plaira.
LE DVC.
La fourbe est inuentée,
Ie pleure nuit & iour sa maistresse enchantée,
Ie veux la luy monstrer dans son enchantement,
Et faire là dessus cent pieces de Romant ;
Entrons, allons les voir, remettez la salade.

LE BARBIER.
Nous pourrons bien crier place à la mascarade.

Fin du III. Acte.

ACTE IV.

SCENE PREMIERE:

LA DVCHESSE, SANCHE.

LA DVCHESSE.

SAnche, mettez-vous là.

SANCHE.

Ce seroit trop d'honneur
Pour vn pauure Escuyer.

LA DVCHESSE.

Vous estes Gouuerneur,
Et cette qualité vous donne la puissance
D'en vser parmy nous auec toute licence.

SANCHE.

Il s'as-
sid.
Soit donc puisqu'il vous plaist, ie ne conteste plus,
La place où ie me voy me rend vn peu confus;

Car ie puis bien iurer qu'vne pareille grace
N'aiamais esté faite à pas vn de ma race.

LA DVCHESSE.

Auſſi valez vous mieux qu'ils n'ont iamais valu.

SANCHE.

Ce n'eſt pas bien cela, mais vous l'auez voulu.

LA DVCHESSE.

Suffit; venons au poinct. I'ay de la peine à croire
Pluſieurs euenemens qu'on lit dans voſtre hiſtoire,
Et ie ne les puis voir ſans penſer que l'autheur
Qui les a mis au iour eſt meſchant ou menteur.
I'ay donques deſiré que pour ce qui vous touche,
Vous m'en donniez raiſon de voſtre propre bouche.

SANCHE.

Je le feray ſans doute auec facilité.

LA DVCHESSE.

Excuſez toutesfois mon inciuilité.

SANCHE.

Vous vous moquez de moy.
LA DVCHESSE.
Seroit-il bien croyable

Que Sanche euſt relaſché de ce titre honorable
De fidelle Eſcuyer?

SANCHE.

Non Madame.

LA DVCHESSE.

Pourtant
On nous l'a debité pour de l'argent content.
L'hiſtoire dit tout haut que le Gouuerneur Sanche,
Au lieu d'aller trouuer Dulcinée à la Manche
De la part de ſon maiſtre, & luy faire ſçauoir
La peine qu'il auoit de viure ſans la voir,
S'arreſta quelques iours dedans vne tauerne.

SANCHE.

Ie n'y feus point du tout, ie craignois trop la berne
Qui le iour precedent m'auoit fort mal traité,
Et qui parle autrement choque la verité.

LA DVCHESSE.

L'hiſtoire dit encor que dans cett' auenture,
A l'infidelité ſucceda l'impoſture,
Et qu'eſtant de retour aupres de Dom Quichot,
Sanche ſon Eſcuyer le traita comme vn ſot,
Feignit vne reſponſe, & mille bagatelles
Indignes de l'honneur des Eſcuyers fidelles;

Et luy dit qu'il trouua l'object de son amour
Criblant vn tas de pois dans vne basse cour.
Voilà ce qui m'estonne, & qui me met en doute.

SANCHE se leue, & tenant le doigt dans la
bouche, regarde par tout : apres,
se remet dans sa chaire.

A present que i'ay veu que nul ne nous escoute,
Et que ie puis parler auecques liberté,
Ie vay faire cesser vostre difficulté.
　Desia depuis long-temps i'ay connu que mon mai-
　　stre
Estoit fou par la teste autant qu'on le peut estre,
Quoy que dans ses discours & ses raisonnemens
Il monstre quelque-fois de si bons sentimens
Que le Diable en personne auroit bien de la peine
De iuger qu'il n'eust pas la ceruelle bien saine;
Ainsi pour m'exempter du tracas & du soin
Qu'il me donne souuent sans qu'il en soit besoin,
I'ay recours au mensonge, & par cet artifice
Sans beaucoup me peiner ie luy rends du seruice,
I'enchantay l'autre iour Dulcinée à ses yeux.

LA DVCHESSE.

Et comme quoy ?

SANCHE.

　Le conte en est bien curieux.

Estant prest à partir Dom Quichot de la Manche
Voulut voir Dulcinée, & donna charge à Sanche,
Ce Sanche est moy, Madame. Or ce grand Cheua-
    lier,
Comme ie vous ay dit, chargea son Escuyer
(A present Gouuerneur) d'aller voir sa maistresse,
Laquelle deuoit estre vne grande Princesse,
Logée en vn Palais d'or & de diamans ;
Bref mille fois plus beau que tous ceux des Romans:
Ce fidelle Escuyer dans vne nuict obscure
Cerche ce grand Palais d'admirable structure,
Mais inutilement, car à ce qu'on luy dit,
Iamais mesme en plein iour personne ne le vit.
Il n'osa pas pourtant l'aller dire à son maistre,
De peur que ce defaut ne luy fit reconnestre
Qu'il l'auoit mal seruy dans le premier employ;
Sçauez-vous ce qu'il fit ?

LA DVCHESSE.

Nenny, dites-le moy.

SANCHE.

Il ne fit rien du tout, mais sortit du village
A l'heure que les bœufs s'en vont au labourage,
Ie ne sçay quel chemin son asne aura tenu,
Mais il s'en retourna comme il estoit venu.

Mar-

Marchant donc sur ses pas, le pauuret resue & songe
Pour pouuoir sur le champ trouuer quelque mensonge
Qui le puisse exempter du reproche qu'il craint,
Mais il n'en trouue aucun, & c'est là qu'il se plaint:
Le voilà cependant à trois pas de son maistre
Qui luy vient au deuant dés qu'il le voit paraistre;
Si Monsieur l'Escuyer est lors dans l'embarras,
Ie croy certainement que vous n'en doutez pas.
Que luy pourras-tu dire, Escuyer miserable,
Qui puisse t'empescher de paraistre coupable?
Il se plaignoit ainsi tout accablé d'ennuy.

LA DVCHESSE.

Dans cet euenement ie crain presque pour luy.

SANCHE.

Quand par quelque miracle il vit trois païzanes
S'en venir droit à luy sur autant de beaux asnes.
D'abord quelque démon luy souffla dans l'esprit
La resolution de faire ce qu'il fit.

LA DVCHESSE.

Qui fut?

SANCHE.

De soustenir que c'estoit Dulcinée
Qui venoit apres luy dessus vn'haquenée,
Et deux Dames d'honneur toutes brillantes d'or,

N

De qui les seuls cheuaux valoient mieux qu'vn tre-
   sor.

Dom Quichot qui le croit, pique, galope, presse
Son coursier Roussinant vers sa chere maistresse;
Et rencontre à la fin les Dames des Grisons
Qui la faux à la main s'en alloient aux moissons.
Cet objet le surprend, mais son Escuyer iure
Qu'vn meschant Enchanteur a changé leur figure,
Et ses sermens enfin eurent tant de credit
Que son maistre le crut comme il a desia dit:
Voyez apres cela s'il n'est pas bien credule?

LA DVCHESSE.

I'ay formé là dessus quelque petit scrupule,
Si Dom Quichot est fou comme il paroist icy,
Dom Sanche qui le suit ne l'est-t'il pas aussi?
Puisque l'on doit iuger du valet par le maistre.

SANCHE.

Madame, en bonne foy, tout cela peut bien estre:
Ce scrupule est fort iuste, & l'Escuyer du Bois,
Qui m'a fait tant de peur, me l'a dit autre-fois.
Mais ie ne sçay comment, ny par quelle auenture
Ie me suis embroüillé dedans cette tissure:
Mon maistre m'a long-temps nourry dans sa mai-
   son,
C'est de sa propre main que ie tiens le grison,

Ie l'aime, il me cherit, il n'eſt nullement rude,
Ie ne le puis quiter que par ingratitude :
Et comme qu'il en ſoit, ie n'imagine pas
De nous voir ſeparez que par noſtre treſpas.

LA DVCHESSE.

Cela donques paſſé, i'eſtime difficile
Que vous puiſſiez iamais bien gouuerner voſtre iſle ?

SANCHE.

Si pour cette raiſon c'eſt voſtre ſentiment
De ne pas m'ench aſſer dans mon gouuernement,
Ie pretends de monſtrer par mon indifference
Que ie le meritois beaucoup mieux qu'on ne penſe :   Il ſort de
ſon ſiege.
Que ſçay-ie ſi le Diable, ardent à nous tromper,
Ne me le donnoit pas afin de m'attraper ?
Il eſt plus fin que nous, & ie ſçay par pratique
Que iamais rien de bon ne ſort de ſa boutique.
Qu'ay-ie affaire de bien, mal-heureux que ie ſuis!
Ie puis ce que ie veux voulant ce que ie puis ;
Dans la nuict tous les chats ſont de meſme teinture,
Nous tombons de par tout dedans la ſepulture,
Et tel eſt ſur le bord qui croit en eſtre loin,
Le ventre ſe remplit ou de paille ou de foin.
Quand madame la Mort nous tient en ſa puiſſan-
   ce,
On ne reconnoiſt plus aucune difference,

Et fouuent vn bouuier qui vit auec honneur
Deffous fon pauure toict, meurt mieux qu'vn Gou-
uerneur.
Ie dis encor cecy pour vous faire conneftre
Que ie m'ayme Efcuyer autant ou plus que maiftre,
Et que ie voy fans deuil & fans reffentiment
Le naufrage prochain de mon Gouuernement.

LA DVCHESSE.

Tout Cheualier d'honneur, quand fa foy l'intereffe,
Sans iamais barguigner accomplit fa promeffe,
Et le Duc Monfeigneur eft des plus apparens,
Encor qu'il ne foit pas de l'ordre des errans :
Partant, quoy que i'en die, il eft indubitable
Qu'il vous illuftrera de ce titre honorable.
Mais reuenant au poinct de voftre enchantement,
Ie fçay de bonne part qu'il fut reellement,
Et que Sanche croyant auoir trompé fon maiftre
Fut luy-mefme trompé, comme il pourra conneftre
Auant la fin du iour par des objects puiffans,
Qui fans enchantement pareftront à fes fens.

SANCHE.

Ie m'en doutois auffi, car il n'eft pas croyable
Que i'euffe pû forger cette fourbe admirable :
Mais comme qu'il en foit, cett' affaire fe fit
Comme ie defirois ; & cela me fuffit.

LA DVCHESSE.

Mais voicy Dom Quichot.

SANCHE.

Ce Diable l'accompagne,
Ie croy qu'il sera bon de prendre la campagne.

SCENE II.

DOM LOPE, LE BARBIER, LE DVC, DOM QVICHOT, SANCHE, LA DVCHESSE.

LE BARBIER.

Seigneur Sanche, arrestez.

SANCHE.

Laissez-moy.

D. QVICHOT.

Qu'auez-vous?

SANCHE.

I'ay peur de ce grand nez.

D. QVICHOT.

Demeurez pres de nous,
Et croyez que mon bras vous en rendra bon conte.

SANCHE.

Ie le croy bien ainſi, mais la peur me ſurmonte.

D. LOPE.

Madame, pardonnez mon inciuilité,
Ie ſçay ce que ie dois à voſtre qualité:
Mais vn vœu ſolennel de monſtrer mon courage
En ce rencontre-icy pluſtoſt que mon viſage,
M'empeſche d'y reſpondre, & cloüe en ce moment
Mon armet à mon front auec des clous d'aimant.

LA DVCHESSE.

Ne vous contraignez point.

LE DVC.

Quoy que vous puiſſiez faire,
Ie veux qu'encor vn peu le combat ſe differe.

D. LOPE.

Tout ce qui vous plaira; cela depend de vous.

D. QVICHOT.

Que ce retardement m'eſt faſcheux!

SANCHE.

> *Qu'il m'est doux !*

LE DVC.

Ie m'en vay cependant vous conter vne histoire
Que l'on vient de m'apprendre, & que ie ne puis croire:
Deux Infantes de Perse, embrasées d'amour,
Cerchent vn Cheualier dans les lieux d'alentour:
On les vit l'autre soir dedans nostre village;
Mais nostre historien n'en sçait pas dauantage.

D. QVICHOT.

Que crois-tu que ce soit, Sanche?

SANCHE.

> *Ie n'en sçay rien :*
Mais dites-en le vray, vous vous en doutez bien.

D. QVICHOT.

C'est à nous qu'on en veut.

SANCHE.

> *C'estoit bien ma creance :*
Mais ce diable de nez m'en ostoit l'esperance,
En effect ie suis mort s'il s'approche de moy.

LE DVC.

Que nous veulent ces gens? & qu'est-ce que ie voy?

SCENE III.

DEVX HERAVTS portans l'image du Soleil,
LE DVC, LA DVCHESSE, DOM
QVICHOT, SANCHE.

LE PREMIER HERAVT.

L*Es filles du Sophy que la Perse reuere.*

LE II. HERAVT.

C'est moy qui dois parler, i'ay charge de leur pere.

LE PREMIER.

Parlez si vous voulez, ie ne diray plus rien.

LE SECOND.

Ie vous cede mes droicts, mais au moins parlez bien.

LE PREMIER.

Les filles du Sophy, ces illustres Princesses
Que nous reconnoissons pour vniques maistresses,
Demandent le bon-heur de pouuoir dire vn mot
En presence de tous au braue Dom Quichot.

LE

LE DVC.

Qu'elles entrent.   La piece est assez mal bastie,
Mais c'est pour baloter en attendant partie.

Ce demy
vers & le
suiuant se
disent bas
à D. Lo-
pe & à la
Duchesse

D. QVICHOT.

Sanche ay-ie mal pensé ?

SANCHE.

Nenny, mais croyez moy,
Espousez ces deux sœurs, & faites-vous grand Roy;
Laissez là Dulcinée.

D. QVICHOT.
Ah! ce discours m'offence.

SCENE IV.

LES INFANTES DE PERSE auec leurs
Herauts entrent: LE DVC, LA DVCHESSE,
DOM QVICHOT, SANCHE.

LE DVC.
AH Dieu que de beauté, que de magnificence!
LA DVCHESSE.
Iamais rien de pareil n'appareut à mes yeux.

O

PREMIER DES HERAVTS.

Miracle de la terre & delice des Cieux,
Valeureux Dom Quichot! ces deux grandes Prin-
    ceſſes
Viennent la larme à l'œil mandier vos careſſes:
La Nature en naiſſant leur mit le ſceptre en main,
Elles ont herité du pouuoir ſouuerain,
Voyez quelle des deux voſtre Grandeur deſire,
Vous ne ſçauriez choiſir ſans gaigner vn Empire.

LA PREMIERE INFANTE.

Tourne vers moy tes yeux, voy quelle eſt ma beauté,
Et qu'eſt ce que ie t'offre auec la royauté,
Aimes-tu les treſors? noſtre terre en eſclate;
Aimes-tu les grandeurs? la vanité me flate:
Veux-tu porter ton troſne auſſi loin que tes pas?
Ie te ſuiuray par tout, meſme dans les combats:
I'aime l'éclat du ſang qui paroiſt ſur la terre,
I'aime à voir le canon imiter le tonnerre,
Et mille corps meurtris ſur la terre giſans
Preſentent à mes yeux des ſpectacles plaiſans.
Veux-tu combatre ſeul, veux-tu quiter ta femme,
Et n'auoir pour vn temps d'autre appuy que ta la-
    me?
Va ne t'arreſte point, contente ton deſir,
Et prefere touſiours ta gloire à mon plaiſir,

Attendant ton retour j'iray la main armée
Eſtendre noſtre empire & noſtre renommée,
Porter chez nos voiſins la guerre & le diſcord,
La honte du ſeruage ou l'horreur de la mort :
Et ſi dans ce chemin la Fortune m'arreſte,
Tu ſçauras auſſi-toſt ma mort que ma defaite.
Laiſſe moy, Cheualier, non ie ne le veux pas.
Ie t'ay veu ſur le poinct de courir dans mes bras,
Enten pluſtoſt ma ſœur.

SANCHE.

Il n'eſt point neceſſaire,
Eſpouſez celle-cy, ſi vous voulez bien faire,
Et ne conteſtez plus.

D. QVICHOT.

Taiſez-vous, inſolent.

LA II. INFANTE.

Monſtre, monſtre mon cœur, ton tranſport violent.

SANCHE.

Si vous la refuſez, vous ferez mal ſans doute.

D. QVICHOT.

Ie ne t'eſcoute plus.

SANCHE.

Suffit qu'vn Duc m'escoute.

II. INFANTE.

Tourne vers moy ton cœur, voy quelle est ma bonté,
Ne considere plus ny Grandeur ny beauté,
La Grandeur n'est qu'vn nom qui souuët importune,
Et qui nous rend sujects aux coups de la Fortune:
Qu'est-ce que la beauté dont on fait tant de cas?
C'est vne fleur qui passe & qui ne reuient pas,
Vn vent, vne vapeur, vne ombre, vne fumée,
Vne image effacée aussi-tost que formée,
Cet arc que le Soleil peint de tant de couleurs,
Et qui dans vn instant, se resout tout en pleurs.
Aymes-tu les tresors? i'ay tout ce qui contente,
Et par là ma richesse est assez abondante.
Veux-tu porter ton trosne aussi loin que tes pas?
Pourquoy le voudrois tu si tu ne le dois pas?
Le carnage & le sang peut-il iamais te plaire
S'il est vray que le Ciel ne le voit qu'en colere?
Et le bruit des canons peut-il te sembler doux
S'il exprime des Dieux la haine & le courroux?
Veux-tu viure tousiours dans vn peril extréme?
Ie te le veux defendre à cause que ie t'ayme.
Vien gouuerner plustost & mon ame & ma cœur;
Auec elles ie t'offre & la paix & l'amour,

Ie ne desire point courir la main armée
Pour mesler mes exploits auec ta renommée :
Desormais nul desir ne me peut enflammer
Que celuy de te plaire & de te bien-aimer.
Fortune fay de moy tout ce que tu peux faire,
Fay moy tomber du trosne à l'extréme misere :
Irrite mon mal-heur par de sanglants mépris,
Mais ne t'oppose point au dessein que i'ay pris :
En ce poinct seulement tu me serois funeste,
Laisses moy mon amour & prens tout ce qui reste.

SANCHE.

Et bien qu'en-dites-vous ? celle-cy me plaist mieux,
Son discours a tiré des larmes de mes yeux.

D. QVICHOT.

Au secours Dulcinée, ah Dieu que i'ay de peine !

SANCHE.

Vous deuez espouser cette derniere Reine.

D. QVICHOT.

Laisse-moy.

LA DVCHESSE.

L'auenture a fort bien réuss.
LE DVC.

Monsieur, que serez-vous ?

O iij

D. QVICHOT.

Ah comblé de soucy!

LE DVC.

C'est desia trop resué dessus cette matiere,
Il faut parler François.

SANCHE.

Prenez cette derniere.

D. QVICHOT.

O Ciel trop liberal à m'ouurir vos tresors !
Pourquoy donnastes-vous tant d'attraits à mon
corps ?
Pourquoy me fistes-vous vne ame si hautaine,
Si mes perfections ne seruent qu'à ma peine ?
Voy, Sanche, ce que c'est qu'estre trop grand Heros,
Si ie meritois moins, i'aurois plus de repos.

SANCHE.

Il est vray, mais enfin c'est vostre destinée,
Monsieur, choisissez donc la cadette ou l'aisnée ;
Ou bien si l'vne & l'autre a pour vous des douceurs,
Comme ie vous ay dit, espousez les deux sœurs :
I'enrage de vous voir dans cett' indifference,
Mesdames il y songe, ayez bonne esperance.

114

Oüy, Dulcinée, enfin mon esprit s'y resout,
Ne m'importunez plus, ie n'en veux point du tout.

LE HERAVT.

Et bien retirons-nous.

LA PREM. INFANTE.

Adieu donc cœur de roche.

LA II. INFANTE.

Mon amour en ce poinct me defend le reproche,
Adieu, ie vay mourir, & souhaiter pourtant
Malgré mon déplaisir que tu viues content.

SCENE V.

DOM QVICHOT, SANCHE, LE DVC, LA DVCHESSE, D. LOPE.

SANCHE.

LE cœur me fend de deuil, ah Monseigneur &
maistre!

DOM QVICHOT,

Ce dernier accident me fait bien reconneſtre
Q ueï ay fort bien connu ce qu'on connoiſt en vous,
Sans mentir, vous & moy ſommes d'eſtranges fous!

D. QVICHOT.

Vous perdez le reſpect.

SANCHE.

Si ie n' auois mon iſle,
On entendroit encor plus de bruit dans la ville.
Encor vn coup, Monſieur, rendez mes vœux contens;
Prenez cette cadette & ſans perdre du temps:
Elle n'eſt pas fort loin la pauure deſolée,
Et ie croy que bien-toſt on l'auroit r'appellée:
Si vous ne pouuez pas par inclination,
Prenez-la par aumoſne & par compaſſion.
Que s'il auient apres qu'elle vous importune,
Donnez-la moy, Monſieur, i'en feray ma fortune.

D. QVICHOT.

Taiſez-vous impudent, ou bien vous eſtes mort.

LE DVC.

Il n'en faut plus parler, c'eſt le vouloir du ſort
Que le grand D. Quichot viue pour ſa maiſtreſſe.
SANCHE.
Que pourra deuenir cette pauure Princeſſe?

D. QVI-

D. QVICHOT.

Que pourroit deuenir celle que ie cheris?
Que feroit Dulcinée apres vn tel mépris?

SANCHE.

Quand elle se pendroit, ie me moquerois d'elle
Si i'auois vne Infante & si riche & si belle.

D. QVICHOT.

Ne m'en parle iamais.

SANCHE.

        Ie ne diray plus mot,
Mais on dira par tout que vous estes vn sot;
Et c'est ce qui me fasche, & qui m'esmeut la bile.

D. QVICHOT.

Qu'il fait le suffisant depuis qu'il a son isle!
Ah si ie l'entreprens! à foy d'homme d'honneur,
Je vous rengeray bien, Monsieur le Gouuerneur.

D. LOPE.

Vous-mesme, Cheualier, songez à vos affaires,
Il faut enfin se battre.

SANCHE.

        O comble de miseres!

P

D. QVICHOT.

Me parler de combat, c'est flater ma valeur.

SANCHE.

Ce grand nez que ie voy me fait trembler de peur.

LA DVCHESSE.

Ie pense à vous encor, Infantes mal-heureuses,
Et maudis le destin qui vous fit amoureuses.
Monsieur, vous plaist- il pas que nous allions les voir?

LE DVC.

Allons-y, le combat se fera sur le soir.

Fin du IV. Acte.

ACTE V.

SCENE PREMIERE.

LE DVC, LA DVCHESSE, DOM QVICHOT, SANCHE, D. LOPE, ou le Cheualier des Miroirs, LE BARBIER.

LE DVC.

Puisque dans ce combat la gloire vous anime,
Que vous ne voulez point de sanglãte victime,
Receuez de ma main ces armes que voicy.

Il leur baille des fleurets.

LE BARBIER Escuyer.

Mais n'en aurons-nous point pour nous froter aussi
Cet Escuyer & moy?

SANCHE.

Ie ne veux point me batre.

LE DVC.

Si vous en desirez ie croy que i'en ay quatre.

SANCHE.

Monseigneur l'Escuyer, ie vous ay desia dit
Que ie ne voulois point m'exposer à credit:
Qu'il ne s'en parle plus.

LE DVC.

Dieu quel coup de tonnerre!

He se doit faire vn grand bruit.

Il semble que le Ciel bouleuerse la terre,
Cheualiers, suspendez ce combat furieux.

SANCHE.

Quittez-le tout à fait, vous ferez encor mieux.

LA DVCHESSE.

Ie ne vis iamais rien de plus épouuentable.

SANCHE.

Ie suis mort.

LE DVC.

Qui va là?

SCENE II.

VN DEMON, LE DVC, DOM
QVICHOT, &c.

LE DIABLE.

Monsieur ie suis le Diable,
Qui cerche Dom Quichot.

D. QVICHOT.

Le voicy pres de toy.

LE DVC.

Si vous estes le Diable, ainsi que ie le croy,
Ie m'estonne comment auec vostre science
Vous l'auez méconnu.

LE DIABLE.

Monsieur, en conscience,
l'auoy l'esprit ailleurs.

SANCHE.

Ou ie n'y connoy rien,
Ou ce monsieur le Diable est fort homme de bien.

LE DIABLE.

A toy donc, Cheualier, le passe-temps du monde
      Que le Diable confonde ,
M'enuoye vn Enchanteur de tes plus grands amis,
Qui veut te faire voir dedans cette iournée
         L'Infante Dulcinée,
Et la defenchanter ainfi qu'il t'a promis.
      Attens-la donc ainfi, mais fais encor que Sanche,
         Qui defia branfle au manche,
R'affeure fon courage & l'attende vn moment,
Parce que fa prefence eft fi fort neceffaire
         Dedans tout ce myftere,
Qu'on ne fçauroit iamais l'acheuer autrement.
Voilà dans peu de mots ce que i'auois à dire,
Surquoy ie me retire.

SANCHE.

Mal-heureux que ie fuis! que fera tout cecy?
Madame, allons-nous-en.

LA DVCHESSE.

                  Ie le voudrois ainfi ;
Mais ie crain qu'en chemin quelque Diable nous
      prenne.

SANCHE.

Helas! que ferons-nous?

LA DVCHESSE.

I'en suis si fort en peine,
Que ie prendrois la mort pour vn souuerain bien.

D. QVICHOT.

Ne vous effrayez point, cecy ne sera rien.

LE DVC.

Qu'est-ce donc que cecy? le tonnerre redouble,
Le bois est tout en feu, l'air se fend & se trouble.
Quel horrible spectacle apparoist en ces lieux!

On fait
encore du
bruit.

Vn Cha-
riot sort.

LA DVCHESSE.

Pour nous en exempter, Sanche, fermons les yeux.

SCENE III.

VN VIEILLARD paroist sur vn
Chariot, & dit :

L IRGANDE'E est mon nom, ie suis ce for-
midable
Qui fais trembler le Diable,

Ennemy coniuré des actes glorieux :
C'est moy qui l'autre iour transformay Dulcinée
En payſane obſtinée,
Et qui priuay Quichot de l'object de ſes yeux.

D. QVICHOT.

Traiſtre, qu'en cet endroit ta malice fut noire !

LA DVCHESSE.

Sanche, qu'en dites-vous ? oſeriez-vous décroire
La pure verité de cet enchantement,
Et perſuader encor dans voſtre ſentiment ?

SANCHE.

Madame, ie voy bien qu'il faut que ie me rende,
Et que i'auoüe encor que mon erreur fut grande :
Mais ſi vous auiez veu comme elle ſe fit,
Vous auriez de la peine à croire ce qu'il dit.

LE DVC.

On fait
encor du
bruit.

Le bruit reuient encor & plus épouuentable,
Et plus grand que tantoſt.

SANCHE.
Meurs pauure miſerable !

D. QVICHOT.

Que crains-tu mal-heureux ?

SAN-

SANCHE.

Mais que ne crains-ie pas ?
I'en voudrois estre quite à cent coups d'eschalas.

***

SCENE IV.

VN AVTRE VIEILLARD,
sur vn Chariot.

IE suis le grand Alquif, l'Enfer est ma demeure,
La magie & l'horreur sont mes plus doux esbats:
Ie changeay l'autre iour dans vn demy quart d'heure
En asnes trois cheuaux, & trois selles en bats
   A la barbe de Sanche
   Qui venoit de la Manche.

D. QVICHOT.

Qui pourroit resister contre tant d'ennemis
Apres ce que tu vois ? Parle Sanche, mon fils,
Doute ras-tu iamais de ces metamorphoses
Que font les Enchanteurs contre l'ordre des choses?

SANCHE.

Ie doute encore vn peu de celles des moulins.

Q

DOM QVICHOT,

LE DVC.

Ces Enchanteurs icy sont pourtant des plus fins.

SANCHE.

Pour celle des moutons, ie ne la sçauroy croire.

LE DVC.

Vous n'en sçauriez douter sans démentir l'histoire:
Mais qu'est-ce que i'entens encore dans le bois?

LA DVCHESSE.

Ie tremble, ie fremis.

SANCHE.

Que de peurs à la fois!

D. QVICHOT.

Vous craignez sans raison.

LE DVC.

Quelle estrange figure!

SANCHE.

Dieu! finissez ma vie auec cette auenture.

SCENE V.

VN AVTRE VIEILLARD, sur vn Chariot.

IE suis Archelaus, cet insigne Enchanteur,
De qui le Diable a peur :
Ennemy d'Amadis & de toute sa race,
Ie changeay l'autre iour trois robes de velous
En de pauures lambeaux, trois brides en licous,
En faucilles trois arcs, trois trousses en filasse.

D. QVICHOT.

Tu vois combien de gens conspirent contre moy.

SANCHE.

Si i'en eusse esté creu, vous vous fussiez fait Roy,
Vous eussiez espousé cette derniere Reine,
Et nous serions tous deux à present hors de peine.

D. QVICHOT.

Ne me parle iamais de changer de desir.

SANCHE.

Si vous souffrez du mal, c'est pour vostre plaisir.

C'est moy seul que ie plains dedans cette auanture,
Moy, moy que vos pechez mettent à la torture,
Et qui souffre par force.

D. LOPE.

Il faut le confesser,
La piece réussit mieux qu'on n'eut pû penser :
Mais par la nostre fou s'affermit dauantage
Dans le dessein qu'il a de n'estre iamais sage.

LE DVC.

Luy descouurant la fourbe il se corrigera.

LE BARBIER.

Ie pense que Dieu seul connoist ce qu'il fera :
Mais si nous l'attrapons, il aura de la peine
A reuenir iamais faire le Capitaine.

D. QVICHOT.

Ie doy donques sçauoir en quel temps & comment
Ie pourray mettre fin à cet enchantement :
Ie te doy donques voir, ma chere Dulcinée,
Et de grace & de pompe encore enuironnée.
Il me sera permis d'adorer tes appas,
Et ie pourray baiser la trace de tes pas.
Heureux tous mes trauaux, heureuse ma souffrance,
Bien-heureux mon dédain & ma perseuerance,

S'il est vray que par eux ie doy gagner vn bien
Qui me met en estat de ne desirer rien.

SANCHE.

Mais quel est donc ce bien? est-ce vn puissant Empire?

D. QVICHOT.

C'est encor beaucoup plus, c'est ce que ie desire.

SANCHE.

Ie ne vous entens point, mais i'entens dans le bois
Vn concert agreable & de luths & de voix.

LE DVC.

Vrayment Sanche a raison.

LA DVCHESSE.

      L'agreable musique!

SANCHE.

Elle est à mon auis vn peu melancholique.

DVLCINEE.

Valons affreux, solitaires montagnes,
Sources, antres, rochers, où le silence dort,
Hostes cruels des bois & des campagnes,
Vous estes moins, vous estes moins sauuages que mon
 sort.

Dulcinée chante derriere le theatre

Q iij

DOM QVICHOT,

LA DVCHESSE.

Pourtant cette chanson n'est pas trop mal chantée.

LE DVC.

Elle est bien au contraire.

SANCHE.

Est-ce nostre enchantée?

LA DVCHESSE.

C'est elle sans faillir.

SANCHE.

Donc à ce que ie voy,
Il est quelques démons qui sont de bonne foy?
Puisqu'ils tiennent parole, ah! ie soy miserable
Si ie dy iamais plus, menteur comme le Diable.
Ah qu'elle chante bien! qu'elle a gagné mon cœur
L'Infante du Tobose!

D. QVICHOT.

Ah qu'elle a de douceur!

SCENE VI.

VN CHARIOT paroiſt où eſt l'Enchanteur
MERLIN auec DVLCINE'E.

LE DVC.

MAis la voicy venir ſur le Char de l'Aurore.

D. QVICHOT.

'Adorable beauté ſouffre que ie t'adore.

SANCHE.

Grace, grace, Madame, à ce pauure innocent.

MERLIN.

Leuez-vous, ie le veux, & Madame y conſent.
    Ie ſuis ce grand Merlin, qu'on chante dans la fable
Pour fils aiſné du Diable :
Ie fus touſiours amy des Cheualiers errans ;
C'eſt pour eux que ie vy dans le ſiecle où nous ſom-
    mes,
Et tous les autres hommes
Me ſont indifferens.

I'ay veu du plus profond de mon antre effroyable
Le destin lamentable
De cette pauure Infante & de son cher amant,
Et ie veux aujourd'huy leur apprendre vn mystere
Pour sortir de misere,
Et finir leur tourment.

    A toy donc Cheualier, la gloire de la Manche,
Digne maistre de Sanche,
En qui les Enchanteurs ont mis tout ton recours;
A toy, dis-ie, le Nort des braues de l'Espagne,
Que l'honneur accompagne,
S'adressent mes discours.

    Si tu veux deliurer cette charmante Reine,
Et toy-mesme de peine,
Sanche se doit donner dans deux ou trois matins
Trois mille coups de foüet, ou s'il veut d'estriuiere
Sur son puissant derriere;
C'est l'arrest des Destins.

SANCHE.

Trois mille coups de foüet, me le donner moy-mesme!
Qui peut l'imaginer sa folie est extresme,
Et si le bon Merlin n'a point d'autre moyen
Pour querir Dulcinée, il ne tient ma foy rien.
Quel diable de remede! ah venerable Alonce
Se foüette qui voudra, quant à moy i'y renonce.

                D. QVI-

D. QVICHOT.

Si voſtre eſprit rebours ſe plaiſt à m'irriter,
Ie vous les donneray premier que vous quiter.

MERLIN.

Ie l'entens autrement, mais pourtant Sanche Pance
Dans cette penitence
Peut emprunter la main de l'Eſcuyer du Bois,
Qui luy ſangle le dos d'vne belle methode,
Mais touſiours à ſa mode,
Et par diuerſes fois.

LE BARBIER Eſcuyer.

Ie ſuis preſt d'accepter cette charge honnorable.

SANCHE.

Vous eſtes, Monſeigneur, vn peu trop charitable ;
Mais ſi vous deſirez de me plaire en ce poinct,
Allez-vous-en au Diable, & ne reuenez point.
Quant à moy ie ſçay bien qu'il n'eſt point d'eloquence
Qui me puiſſe obliger à cette penitence :
Et ie redis encor que ſi le bon Merlin
N'a rien plus à nous dire, il n'eſt pas beaucoup fin.

LA DVCHESSE.

N'aurez-vous point pitié d'vne Reine ſi belle ?

R.

SANCHE.

Mon maistre Dom Quichot doit s'écorcher pour elle,
Et non pas moy, maudit, qui ne la connoist pas :
Il la nomme à tous coups, ma vie, mon trespas,
Mon ame, mon soustien, mon tout, mon esperance :
Qu'il la deliure donc par sa propre souffrance,
Et me laisse joüir de mon gouuernement,
Sans broüiller mon esprit dans cet enchantement.

DVLCINEE.

Insensible Escuyer, ame barbare & basse,
Honte de ton village, & digne de ta race !
Si l'on te commandoit de courir au trespas,
Ou bien de te ietter d'vn haut clocher en bas,
D'aualer des crapaux, de manger des viperes,
D'égorger tes enfans & ta femme & tes freres,
Et d'en humer le sang encore tout fumant,
La repugnance auroit vn peu de fondement.
Mais faire si grand cas de ce qu'on te propose
Trois mille coups de foüet, & c'est si peu de chose,
Il n'est point d'escolier au College aujourd'huy
Qui n'en ait veu tomber trois fois autant sur luy.
Ah combien nos Neueux auront de peine à croire
Vne si lamentable & si honteuse histoire !
Et tout par ton défaut, gros larron, grand mastin,
Ie croy bien qu'apres tout tu te rendras enfin,

Et que les pleurs ardens que ie verse sans cesse,
Amoliront ton cœur, & vaincront ta rudesse:
C'est aussi pour cela que le sage Merlin
M'a permis de quiter mon gros habit de lin,
Et de parestre icy sous ma propre figure:
Mais si tous les attraits que i'ay de la Nature
Ne peuuent t'esmouuoir, voy d'vn œil de pitié
Ton maistre dont le cœur se fend par la moitié,
Dont l'ame est sur la langue, & desia toute preste
A faire vne funeste & piteuse retraite;
Respons-luy mal-heureux, haste toy de parler,
Mais au moins ne dy rien que pour le consoler.

D. QVICHOT.

Dulcinée a raison, mon ame est dans ma bouche,
Ainsi qu'vn pois sucré ie la sens, ie la touche.

LA DVCHESSE.

Que dit à cela Sanche?

SANCHE.

Il dit, il ne dit rien,
Et fera moins encor, mais il s'estonne bien
De se voir coniurer par des termes de Diable
A faire vne action purement charitable:
Ie voudroy bien sçauoir de vostre Majesté,
Madame, de Merlin & du char enchanté,

D'où vous auez appris cette belle maniere
De resoudre le monde à des coups d'estriuiere?
Qu'ay-ie à faire de vous? quand vostre enchante-
    ment
Ne se deuroit finir qu'à vostre enterrement,
En seroy-ie plus pauure? & vous ay-ie enfantée
Pour souffrir tant de mal de vous voir enchantée?
Demeurez en l'estat iusqu'à vostre trespas,
Si ie m'en plains iamais, qu'on me rompe les bras.

MERLIN.

Puisque le braue Sanche est si fort en cholere,
Et qu'on ne peut rien faire
Pour l'execution d'vn si noble dessein,
Acheuez le combat, pour moy ie me retire,
Et ie m'en vay vous dire
Adieu iusqu'à demain.

D. QVICHOT.

Quoy vous m'abandonnez, mon ame, ma pensée,
Et ie ne verray point ma foy recompensée?
Beau soleil de mon cœur, me laissez-vous ainsi
Plongé dans vne nuict de deuil & de soucy?
O belle fugitiue! ô passagere Aurore!
Reuenez éclairer celuy qui vous adore,
Rendez-moy le bon-heur que vous m'auez osté,
Ou souffrez qu'à iamais ie perde la clarté,

Ne m'aborde iamais si tu ne hais la vie.

SANCHE.

Monsieur, cet Escuyer.

D. QVICHOT.

Laisse-moy ie te prie.

LE BARBIER.

A moy, Sanche.

SANCHE.

Monsieur, ie feray tout pour vous,
Mais chassez ce grand nez.

LE BARBIER.

Ces armes sont pour nous.

D. QVICHOT.

Des-enchanteras-tu la pauure Dulcinée?

SANCHE.

Oüy.

D. QVICHOT.

Mais certainement:

SANCHE.

Ma parole est donnée.

R iij

DOM QVICHOT,

D. QVICHOT.

Escuyer au grand nez, mettez les armes bas,
Sanche ne se bat point, car ie ne le veux pas.

SANCHE.

Si Monsieur l'eust voulu, vous eussiez pû connestre
Que i'ay du sang au front.

LE BARBIER.

Cela pourroit bien estre.

D. QVICHOT.

Si tu le veux pourtant, ie le veux bien aussi.

SANCHE.

Que vous m'entendez mal! ie le menace ainsi
Pour faire le meschant; mais ie n'ay d'autre enuie
Que de fuir le combat pour conseruer ma vie.

D. QVICHOT.

Je t'entens maintenant.

SANCHE.

Escuyer mon amy,
N'esueillez point le chien lors qu'il est endormy,
Vous pourriez esprouuer que sa dent est funeste.

D. LOPE.

Suffit, paix mes amis, acheuons ce qui reste.

LE DVC.

Valeureux Cheualiers, puisqu'vn rude combat
Doit finir aujourd'huy vostre fameux debat ;
Et mesme que Merlin l'a iugé necessaire,
Ie croy qu'il est fort bon que nous vous laissions faire.
Adieu donc, & sur tout combatez franchement.

SCENE VII.

D. QVICHOT, SANCHE, DOM LOPE, ou le Cheualier des Miroirs, LE BARBIER son Escuyer.

D. QVICHOT.

IL faut en ce combat nous seruir de nos armes.

D. LOPE.

Tout ce qui vous plaira, mais n'vsons point de char-
mes.

D. QVICHOT.

Ie suis homme de bien.

DOM QVICHOT,

D. LOPE, à son Escuyer.

> *Allez plus loin de nous.*

D. QVICHOT, à Sanche.

Esloignez-vous aussi.

LE BARBIER.

> *Prenez bien garde à vous.*

D. QVICHOT.

Ils se battent. *Au secours Dulcinée.*

D. LOPE.

> *A moy ma Calsildée.*

Ie tombe par mal-heur.

D. QVICHOT.

> *La querelle est vuidée,*

Rendez-vous Cheualier.

D. LOPE.

> *Dieu! le cœur me defaut.*

SANCHE.

Que ie crain ce Demon!

D. QVICHOT.

> *Rendez-vous, il le faut.*
>
> SAN-

SANCHE.

Mais que voy-ie ? mon maiſtre a gagné la victoire.

D. QVICHOT.

Oſtons-luy cet armet. Mes yeux vous doy-ie croire ?
Quoy? mon amy Dom Lope, eſt-ce vous que ie voy ?

SANCHE.

Il eſt éuanoüy, mais c'eſt luy, ie le croy.

D. QVICHOT.

Pers cette opinion, ce n'eſt que ſon image,
Vn meſchant Enchanteur aura pris ſon viſage
Pour rompre ma cholere & m'amolir le cœur,
Ayant deſia préueu que ie ſeroy vainqueur.

SANCHE.

Si la choſe eſt ainſi, plongez-luy voſtre lame
Dans le milieu du corps pour en arracher l'ame :
Luy mort, moins d'ennemis.

D. QVICHOT.

Ton conſeil eſt fort bon.

LE BARBIER le deſcouurant.

Ah Seigneur D. Quichot ! pardon, Seigneur pardon,

S

DOM QVICHOT,

C'est vostre grand amy, D. Lope de la Manche,
Et ie suis le Barbier.

D. QVICHOT.

Que sera cecy, Sanche?

SANCHE.

Ie pense qu'il dit vray.

D. QVICHOT.

Voyons-le de plus prés.

SANCHE.

C'est luy, n'en doutez plus, qu'auez-vous fait du nés?

LE BARBIER.

Ie l'ay dans ma pochette.

SANCHE.

Ah la belle auanture !
Mais, Dom Lope, reuient.

D. QVICHOT.

Va dans la sepulture,
Ou demeure d'accord de tout ce que i'ay dit.

D. LOPE.

Vous me le commandez, & cela me suffit.

LE BARBIER.

Et bien, apres cecy, que dites-vous, Dom Lope?
N'auoy-ie pas tantost bien fait vostre horoscope?
Et quand ie vous disois qu'il ne faisoit pas bon
Se joüer à des fous, n'auoy-ie pas raison?
Vous vous en souuiendrez.

D. LOPE.

Aidez-moy ie vous prie,
Et ne m'affligez point par vostre raillerie:
I'ay l'vn des bras démis.

SCENE VIII.

LE DVC, LA DVCHESSE, DOM
QVICHOT, SANCHE, D. LOPE,
LE BARBIER.

SANCHE.

Le Duc reuient icy.

D. QVICHOT.

Enfin, nostre combat a fort bien réussi:
Mais les enchantemens s'opposent à ma gloire:

S iij

On dit que c'est Dom Lope.

LE DVC.

Il vous le faut bien croire,
Puisque c'est luy sans doute.

SANCHE.

Et ce sien Escuyer,
A ce que ie puis voir, est aussi le Barbier.

LE DVC.

Il n'en faut point douter.

D. QVICHOT.

Quelles metamorphoses!

LE DVC.

Ie pretens bien encor vous monstrer d'autres choses:
Sortez monsieur le Diable.

LE DIABLE.

On m'a donné ce nom
Qui ne conuenoit point auec mon innocence.
On dit que les laquais sont diables tout de bon,
Mais ce n'est pas bien ma creance:
Ainsi valeureux Dom Quichot,
Si vous me croyez tel, vous estes vn grand sot.

LE DVC.

Paroiſſez Lirgandée.

LIRGANDEE.

Enfin il le faut dire,
Ie ne ſuis rien moins qu' Enchanteur,
Ie n'en pris l'habit que pour rire;
Et quoy que Sanche en eut bien peur,
Et que ſa peur me plût, ie deſire qu'il ſçache
Ce que ce maſque cache.

LE DVC.

Monſtrez-vous grand Alquif.

ALQVIF.

Sous cette barbe blanche
I'ay trompé Dom Quichot & Sanche,
Qui m'ont pris pour vn Enchanteur:
Mais ie veux leur faire conneſtre
Qu'on peut ſouuent pareſtre,
Et n'eſtre pas Docteur.

LE DVC.

Archelaus, c'eſt à vous.

ARCHELAVS.

Couple de fous celebres!

Ie me suis déguisé pour me moquer de vous :
Mais dans les plus noires tenebres,
Si vous n'eussiez esté des fous,
Vous pouuiez bien me reconnestre,
Et voir que cette barbe auoit eu plus d'vn maistre.

LE DVC.

Hola! Seigneur Merlin.

MERLIN.

Ie ne resiste pas
A monstrer mon corps veritable,
Ie ne suis plus enfant du Diable,
Ny ce grand Enchanteur dont on fait tant de cas :
Et qui veut sur ce poinct en sçauoir dauantage,
Consulte mon visage.

LE DVC.

Madame Dulcinée.

DVLCINEE.

On veut que ie me montre,
Et ie n'y veux pas resister :
Mais si dedans cette rencontre
On vouloit encor persister
A croire que ie suis l'Infante du Tobose,
Ce seroit vne estrange chose,

Elle dé-
couure v-
ne barbe.

LE DVC.

Sur cela, Dom Quichot, ie vous baise les mains.

LA DVCHESSE.

Ainsi tousiours le Ciel responde à vos desseins.

D. LOPE.

Puissiez-vous quelque iour deuenir vn peu sage.

LE BARBIER.
Vous puissay-ie razer dedans nostre village.

SANCHE.
Que tousiours la victoire accompagne vos pas!

D. QVICHOT.
Sanche en cet accident ne m'abandonne pas.

SANCHE.
Que ferons-nous enfin si tout nous est contraire?

D. QVICHOT.
Ie croy certainement que dans tout cet affaire
De meschans Enchanteurs ont fasciné nos yeux,
Retournons chez le Duc, où nous le sçaurons mieux.

SANCHE.
Vray'ment s'il est ainsi, le pauure Sanche Pance
Est à ce que ie voy bien loin de ce qu'il pense:

Ie croyois de tenir vn bon gouuernement,
Et sans supercherie & sans enchantement,
De regner dans vne isle, où trois de mes paroles
Me feroient apporter deux cens muids de pistoles,
Où ie pourrois manger & boire tout mon soû
Sans conter auec l'hoste, & sans payer vn sou :
Mais ie ne sçay comment mon isle est submergée,
Ou bien pour mes pechez le Diable l'a mangée ;
Que puisse-t'elle enfin estrangler ce gourmand !

D. QVICHOT.

Ne vous tourmentez point, suiuez-moy seulement.

SANCHE.

Allons où vous voudrez, Sanche n'est pas capable
De vous abandonner, allassiez vous au Diable :
Poursuiuez seulement le dessein d'estre Roy,
Ie vous responds tousiours de mon asne & de moy.

Fin du V. & dernier Acte.

www.ingramcontent.com/pod-product-compliance
Lightning Source LLC
Chambersburg PA
CBHW071231260626
47162CB00004B/1525